浜辺のビーナス

ダイアナ・パーマー 作

小林ルミ子 訳

ハーレクイン・ディザイア

東京・ロンドン・トロント・パリ・ニューヨーク・アテネ・アムステルダム
ハンブルク・ストックホルム・ミラノ・シドニー・マドリッド・ワルシャワ
ブダペスト・リオデジャネイロ・ルクセンブルク・フリブール・ムンバイ

FIRE AND ICE

by Diana Palmer

Published by Harlequin K.K., Tokyo, 2015

ダイアナ・パーマー

シリーズロマンスの世界で今もっとも売れている作家の1人。総発行部数は4200万部を超え、各紙のベストセラーリストにもたびたび登場している。かつて新聞記者として締め切りに追われる多忙な毎日を経験したことから、今も精力的に執筆を続ける。大の親日家として知られており、日本の言葉と文化を学んでいる。ジョージア州在住。

主要登場人物

マージー・シルバー……………ロマンス小説家。
ラリー・シルバー………………マージーの亡夫。
ジャネット・バノン……………マージーの妹。愛称ジャン。
アンドリュー・ヴァン・ダイン………ジャンの恋人。愛称アンディ。
キャノン・ヴァン・ダイン………アンディの兄。
ヴィクトリン・ヴァン・ダイン………アンディとキャノンの母親。
デラ……………………………キャノンの前妻。

1

マージー・シルバーはアトランタの高級レストランでひとり手持ち無沙汰に座っていた。自分が男性客の目を引きつけることはあらかじめわかっていた。身につけているあざやかなグリーンのラップアラウンドドレスはデザインが大胆で、襟ぐりが深く開いており、胸もとがはだけないようにとめているのは太いベルトだけだった。長袖でスカートは膝の上までスリットが入っていて、そこからストッキングに包まれた長い脚が伸びている。そのドレスはマージーのブルネットの長い髪とグリーンの目を美しく引き立てていた。小さな足にはセクシーなハイヒールをはいていた。

ピンク色のマニキュアを塗った指でグラスをつかみ、ジンジャエールを口に運ぶ。その姿は売れっ子のファッションモデルのように見えるが、実は作家だった。官能的な作風さながらに恋多き自由奔放な女だと噂《うわさ》されているヒストリカル・ロマンス小説家のシルバー・マクファーソン。けれども今晩、そのことを話すわけにはいかない。妹のジャンの新しい恋に水を差すことになるかもしれないからだ。それでもジャンの恋人の兄である大物実業家と顔を合わせるかもしれないと思うと、つい反抗心が頭をもたげ、こんな大胆なドレスを着てきたのだ。

　マージーはむっつりと口をつぼめた。ジャンから電話があったとき、むずかしい場面を書いているところだったのに、七時にレストランに来いと強引に呼び出されたのだ。それなのに、七時半になろうとしているが、ジャンの姿はどこにもない。

　それにしてもジャンはこのドレスを見たら、どう思うだろう。腰を抜かしてしまうかもしれない。ヴァン・ダイン家の人々は保守的で、とりわけ兄のほうは派手な女を毛嫌いしているから、尼僧のような服を着て、行儀よくしていてくれとジャンにしつこいくらいに言われたのだ。けれどもマージーは人から命令されることが大嫌いだった。だから手持ちの中で一番派手なドレスを着て、六十歳過ぎの娼婦《しょうふ》のようなどぎついメークをしてきたのだ。

「マージー、お願いだから年相応にふるまってちょうだい!」お隣のミセス・ジェームズの花壇のど真ん中に裸のビーナス像を置いたときも、ジャンはそう叫んだ。堅物のミセス・ジェームズが今にも卒倒しそうに目を白黒させていたからだ。マージーの最新刊『燃えあがる情熱』に載せる写真をネグリジェ姿で撮りたいと言ったときも、ジャンはそんなことをしたらこの国から出ていくとおどしたのだ。

だがマージーがこんなばかげたことを次から次へとするのは、短い結婚生活で傷ついた心を隠すためだった。結婚してから二カ月後に夫が亡くなったとき、正直ほっとした。たった二カ月ではあるが、永遠にも思える苦しい結婚生活だったからだ。そして決して忘れてはならない教訓を学んだ。それは一緒に暮らしてみなければ相手のことはわからないということだった。

マージーは夫のラリー・シルバーを愛していると思っていた。彼は若く陽気で、弁護士としての将来も約束されているように見えた。だから交際期間は短くても結婚したのだが、すぐに相性がまったく合わないと気づいた。彼が飛行機事故で亡くなったとき、悲しむのではなく、結婚生活がようやく終わったことにほっとした。そして、そんな自分に罪悪感を覚えた。それが五年前、マージーが二十歳のときのことだ。それから人生に真面目に向き合えなくなってしまったのだった。

マージーは再びジンジャエールを口に運び、ため息をついた。あと十分経《た》ってもジャンとアンディが来なかったら家に帰ろう。締め切りまであと一カ月しかないのだ。ぐずぐずしている時間はない。それに、できればジャンの恋人のアンディの兄には会いたくない。

マージーがひそかに〝専制君主〟とあだ名をつけたアンディの兄は、アンディとジャンの交際に猛反対していた。アンディを、弁護士事務所の秘書にすぎないジャンとではなく、シカゴの社交界にデビューしたばかりの娘と結婚させたがっているのだ。その娘の家は衣服の販売を手がけており、ヴァン・ダイン家は服の製造工場をいくつも所有しているので、専制君主にしてみれば、それが何よりの良縁に思えるのだろう。

背中に視線を感じたので、マージーは振り返った。すると戸口に立っていた男が突き刺すような黒っぽい目で彼女を見ていた。そのまなざしの強さに、思わずグラスを落としそうになった。長身で肩幅が広く、チーク材を彫ったような荒削りの男らしい顔をしていたが、その目にはまぎれもない敵意が浮かんでいる。なぜあんな目でわたしを見ているのだろう？　マージーは興味を引かれ、とっさに唇をつぼめて投げキスをしてから、顔をそむけた。

いらいらしていたし、退屈だったので、ちょっとからかってやったのだ。姉がどうやって時間をつぶしていたのかを知ったら、ジャンは震えあがるにちがいない。

影が差したので、マージーが顔を上げると、さっきの男が傍らに立っていた。

「あなたがマウント・ラシュモアじゃないのなら」マージーはからかうような笑みを浮かべ、男を上から下まで見まわした。「ここに座って、一杯つき合ってくれないかしら」

彼は笑わなかった。というか、これまで一度も笑ったことのないような怖い顔をしていた。「断る。ぼくはこれから若い女性と会う約束があってね」彼は〝若い女性〟という言葉を強調して言った。まるでマージーには当てはまらないとでも言いたげに。

マージーは彼の声が気に入った。低くてハスキーなその声は、男らしいだけでなく、高い教養も感じさせる。「顔を知らない相手とお見合いでもするの？　わたしは地元の人間だから、その女性を知っているかもしれないわよ」

彼は疑わしげに言った。「彼女の名前はジャネット・バノンだ」

マージーは目をしばたたいた。「ジャンはわたしの妹よ。いったいジャンになんの用があるの？」

彼は何も言わずに椅子を引き、その席は彼のものだと言わんばかりに横柄に腰かけた。それからウエイターを呼んだ。「スコッチをロックで。それと……」彼はそこでマージーが持っていた細長いグラスを見て、勝手に注文した。「こちらのレディにはトム・コリンズを」

ウエイターは礼儀正しくうなずいて立ち去った。

「今の言葉は取り消したい」彼はそっけなく言った。「レディは、高級レストランで男をあからさまに誘うような真似《まね》はしないだろうから」

マージーはグリーンの目を光らせ、鼻にかかったわざとらしいジョージアなまりで言った。「あら、それはちがうわ。わたしが男性を誘うときは、まず服を脱ぐことにしているの」

彼は眉を上げ、大きく開いた彼女の胸もとをぶしつけにじろじろ見た。「そんなに胸を露出しても、引っかかる男なんかひとりもいないんじゃないのか」

マージーは胸が小さいことを昔から気にしていた。思わずかっとして彼をにらみつける。「あなたって、ずいぶんと露骨な物言いをするのね」

「ぼくは売春婦のような服を着た女は嫌いだ。食事の前に酒を飲み、男を誘う女もね」

「よくもそんなことが……」マージーはそう言いかけたが、ウエイターが来たので口をつぐんだ。

彼も黙っていたが、ウエイターが飲み物と勘定書をテーブルに置いて去ると、再び口を開いた。「ぼくの弟がきみの妹と結婚したがっている。でも、ぼくの目の黒いうちは絶対にそんなことはさせないからな」

「あなたって、もしかしてアンドリューのお兄さんなの？　女性の下着を作っている人？」マージーはそう言うと、小ばかにするように口の端をつりあげた。

しかし彼はスコッチを口に運びながら平然と言い返した。「ぼくの会社では高級な下着も作っている」そしてマージーの胸もとを再びちらりと見た。「それに、きみのような女性に奇跡をもたらすパッド入りのブラジャーもね」

マージーは五年ぶりに頬が赤くなっているのがわかった。「あなたは今、わたしを侮辱して宣戦布告したのね」

彼は広い肩をすくめた。マージーはそのとき、彼が上品なイブニングスーツを着ていることに気づいた。黒いスーツと白いシャツがブロンズ色の肌を引き立てている。とりたててハンサムというわけでも、若いわけでもなかったが、男盛りであることはまちがいなかった。四十歳、あるいはそれよりもひとつかふたつ下かもしれない。顔に刻まれたしわは年齢からくるものではなく、日々重圧に耐えて責任ある仕事をこなしているからのように見えた。

「どうしてきみの妹はここにいないんだ？」彼は冷ややかな声で尋ねた。

マージーは椅子の背もたれに寄りかかった。「わからないわ。ここに七時に来るようにとしか、ジャンに言われなかったから。あなたも何も知らされていないようね。いえ、わたしよりは知っているかもしれないわ。なにしろあなたは弟に毎朝、何を着るのか命令しているんですものね。ねえ、弟のデートの相手もあなたが決めているの？」

彼は目を鋭く細めた。「いいかい、きみの妹がぼくの家族の一員になろうとするのは、ネズミがネコの集会に入りこもうとするようなものだ。ぼくと弟は社交界の中で日々戦い、地位を築いている。それなのに、きみの妹は戦う武器をひとつも持っていない。家庭内の問題だって解決できないだろう」

「あら、わからないわよ。ジャンは子どものころフットボールをしていたからタックルが得意だし、今でも困ったことがあると、わたしにどうすればいいのか助言してくれるもの」

「たしかに、きみには指導者が必要だ」彼はマージーのドレスをじろじろと見た。「これは有名なデザイナーが作ったドレスなの」

「きっとそのデザイナーにはよく似合うんだろう」

「デザイナーは男性なんだけど」

「それでもまちがいなく、きみよりもそいつのほうが似合うさ」

マージーは目を光らせた。「ミスター・ランジェリー、悪いけれど、わたしは帰らせてもらうわ。ジャンはどうやらわたしとあなたを会わせたかったらしいけれど、もう我慢できないわ」

マージーは立ちあがろうとしたが、彼に手首をつかまれて椅子に引き戻された。その思いがけない行動にも驚いたものの、手をつかまれた瞬間、ぞくぞくするような興奮が腕を駆けあがり、おおいに困惑した。

「まだ話は終わっていない」彼は声を落として言った。「ぼくの弟は、きみの妹とは結婚させせない。結婚は絶対に許さない」

「それを聞けてうれしいわ」マージーは気持ちを落ち着かせ、ぴしゃりと言い返した。「わたしの家系に悪《あ》しき血は混じってほしくないから」

「口に気をつけないと、かみつくぞ。いいか、ぼくとアンディはフロリダに住んでいる母のところに二週間ほど出かけるつもりだ。そうすれば弟も少しは頭を冷やすだろう。きみの妹は追いかけて来られやしないだろうからな」

「なぜ？　わたしの妹が貧乏な秘書だから？」

「まあ、そういうことだ」

「つまり」マージーはわざと猫なで声で言った。「妹が追いかけたいと思っても、わたしはフロリダまでの飛行機代も払ってやれないと、あなたは思っているのね。残念ながら、それはちがうわ。だからといって、アンディがわたしの義理の弟になることを望んでいるわけではないけれど。ただ、わたしはお金を持っているのがとりえなだけの鼻持ちならない男に命令されるのが気にくわないだけよ」

彼は値踏みするような目になった。「きみからも宣戦布告というわけか。言っておくが、ぼくは小競り合いに負けたことはないんだよ、ミス・バノン」

「わたしの名前はバノンじゃないわ」マージーは硬い声で言った。「シルバーよ」

彼は眉を上げ、指輪をしていない彼女の左手を見た。「きみのだんなさんに同情するよ。もっとも今は一緒に暮らしていないようだが。だったら贅沢《ぜいたく》はもうできなくなったはずだ」マージーが真っ赤になると、彼は笑い声をあげた。「どうやら図星のようだね。まあ、きみの家族が金を持っていようがなかろうが、ぼくはアンディをきみの妹と結婚させるつもりはない。不幸な結婚がまた破綻して、母を再び悲しませるような真似はできない」

マージーも指輪をしていない彼の手に目を向け、

口の端を意地悪く上げた。「あなたも、もう奥さんと一緒に暮らしていないらしいわね」

彼はマージーの質問を無視して冷ややかに言った。「アンドリューをアトランタの支社長にしたことを後悔しているよ」そして椅子から立ちあがった。「けれども幸いなことに、これはぼくが解決できる問題だ。この件に首を突っこまないでくれよ、ミセス・シルバー。邪魔したら許さないからな」

「許さないって、いったいどうするつもり、ミスター・ヴァン・ダイン？　わたしを鞭《むち》で打つとでも？」マージーは嫌みたらしくにっこりした。「さっさと荷物をまとめて、北部に逃げ帰ったら？」

彼は眉をつりあげた。「過去のことを持ち出すのなら、南北戦争ではどちらが勝ったのか思い出すといい。それでは」彼はそう言うと、勘定書を残したままその場を立ち去っていった。


「勘定をわたしに払わせたのよ！」ジャンが姉妹の住まいであるヴィクトリア朝様式の家に帰ってくると、マージーは叫んだ。「それに、あなたとアンディの仲を裂くっておどしたわ。いったいどんな男性なの！」

「彼は、いわば自分が法律なのよ」ジャンはため息をつき、ソファにどさりと座った。「ああ、マージー。わたしとアンディがいなければ、あなたとキャノンは話がはずむかもしれないって思ったのに……」

「キャノンって？」

「それがアンディのお兄さんの名前なの。でも大半の人にはキャルって呼ばれているけれど」ジャンは悲しげな声になった。「アンディはフロリダ州のパナマシティにある海辺の別荘に招待してくれたの。二週間ほどそこで一緒に過ごさないかって。彼のお母様に会える機会だから、わたしは行きたいんだけど、キャノンが許してくれないの。わたしとアンディをどうあっても結婚させないつもりよ。だから――」妹はマージーをちらりと見た。「お姉さんに会えば、彼も考え直すかもしれないって思ったの。お姉さんは、どんな人にも好かれる才能の持ち主だから。でも、まさか売春婦のような格好をして行くなんて思いもしなかったわ」妹はうらめしそうに言った。

「本気でアンディと結婚したいの？」マージーは心配そうな顔になって尋ねた。「考えてみてごらんなさい。アンディと結婚したら、あの口うるさい兄貴に一生がみがみ命令されることになるのよ」

「キャノンにはそれほど会わないから。彼はシカゴに住んでいるのよ」

「結婚しているの？」

「もうしていないわ。妻が浮気を繰り返し、キャノンはそれを知って離婚したの。今はもう結婚する気はないけれど、ひっきりなしに女性が近寄ってくるってアンディは言っていたわ」

「あんないやな男をベッドに招くほど困っている女性がいるなんて信じられないわ」

「シカゴでは女性に追いかけまわされているそうよ」

「でもアトランタではそうじゃないわ」マージーはうめくように言った。「少なくともわたしは大嫌い！」

ジャンは顔をしかめて思った。マージーはキャノン・ヴァン・ダインによく似ている。本人はそのことに気がついていないだろうけれど。マージーはピエロのように面白おかしくふるまうけれど、本心は心の奥深くに隠している。浮ついた女のふりをしているが、決してそうではないのだ。マージーの結婚生活は不幸そのものだった。そして夫が亡くなってから、マージーは男性と友人づき合いはするが、深い仲になるのを避けている。おそらくもう二度と傷つきたくないからなのだろう。

けれども、キャノンに対してはこれまでとちがう。いつもだったらマージーは誰にでも当たりさわりなく接するのに、キャノンにはこんなにも憤慨している。こんなに怒った姉を見るのは五年ぶりだ。

「でもキャノンは魅力的な男性だわ」ジャンはぼそりと言った。

「あの石壁のような大男が?」マージーは顔をぷいとそむけた。「あの男のことはもう話したくないわ。あいつのスコッチの代金と勝手に注文したカクテルの代金をわたしは払わされたのよ! わたしはひと口も飲んでいないっていうのに! 勘定書をコンクリートで固めてあの男のところに送ってやればよかったわ。着払いでね!」

ジャンは思わず噴き出した。まったく、マージーは手に負えない子どものようだ。

そのとき、電話が鳴りだした。ジャンは受話器を取ると、目を輝かせた。

「アンディからだわ」ジャンが小声でそう言うと、マージーはうなずき、部屋から出ていった。妹は恋人とふたりだけで話したいだろうと思ったからだ。

廊下を歩いていると、ふと木製の傘立てに目がとまった。それは結婚したすぐあとにラリーと買い物へ行ったとき、アンティークショップで見つけたものだ。マージーはアンティークに目がなかったが、ラリーはそのことを苦々しく思っており、ことあるごとに文句を言った。その傘立てを見つけたときも値段が高すぎると言いだしたのだ。マージーは祖母のマクファーソンが遺《のこ》してくれた遺産で買うからと言ってゆずらなかった。すると彼は怒って店を出ていってしまった。

その晩、大げんかになったが、ラリーは無理やり彼女をベッドに引っぱりこんでセックスを強要した。

そういうことがあったのはそれが初めてではなかった。マージーは肉体的にも精神的にも深く傷ついて結婚したことを後悔し、夫から自由になりたいと心の底から願った。そしてその翌日の朝、彼は出張に出かけ、飛行機事故にあって命を落としたのだった。

マージーは傘立てをにらみつけた。なぜこんないやな思い出しかないものをまだ家に置いていたのだろう？　この家にはラリーを思い出すものは何ひとつないのに。写真だって一枚も飾っていない。もしかすると心のどこかで罪の意識を感じているから、彼を思い出すものを避けているのかもしれない。自由になりたいと願ったときに、彼は飛行機事故で亡くなったのだから、事故が起こったのは自分のせいだと感じているのかもしれない。

彼女は傘立てをにらみつけた。お隣のミセス・ジェームズにあげるのがいいかもしれない。そう思いながらマージーはベッドルームに入っていった。ミセス・ジェームズは厳格な堅苦しい人で、隣に評判のいかがわしいロマンス作家が住んでいることを苦々しく思っていた。マージーは読者が思っているような自由奔放な女性ではなかった。陽気な女性のふりをしているが、それは孤独で傷つきやすい心を隠すためだった。

結婚はこんな教訓も与えてくれた。彼女に命令ばかりする横柄な男性はもう必要ない。それを痛いほど学んだのに、なぜさっきからキャノン・ヴァン・ダインの顔がしきりに浮かぶのだろう。彼はラリーに似ている。傲慢で、なんでも自分の思いどおりにしようとし、すがりついてくるような従順な女性を求めているにちがいない。彼といると、息苦しくて窒息しそうになる……。

マージーがナイトガウンに着替えていると、ドアがばたんと開き、ジャンが顔を輝かせて部屋に入ってきた。妹がこんなにうれしそうな顔をするなんてめずらしい。妹は本来、内気で物静かな性格なのだ。

「マージー、わたしたちにはもう一度チャンスが与えられたわ！」

「わたしたち？」マージーは眉を上げ、腰に手を当てた。「今度はいったいわたしに何をさせるつもり？」

ジャンはベッドに腰かけ、短い髪をそわそわとなでつけた。「マージー、わたしのことを愛しているでしょう？」

「わたしがあなたのことを愛しているのはわかっているはずよ」そう言うと、マージーは隣に座って妹を抱きしめた。「わたしにはあなたしかいないんだから」

ジャンも姉を抱きしめた。「わたしだって同じよ。お姉さんに頼らなかったら、わたしは生きていられなかったかもしれない。お母さんが亡くなり、お父さんはお酒に溺れていたから、お祖母《ばあ》さんがしかたなく引き取ってくれたけど……」ジャンは顔を上げた。「お祖母さんは面倒をみてくれたけど、愛情深い人じゃなかった。わたしを愛してくれたのは、お姉さんだけよ」

マージーはため息をついた。「わたしを愛してくれたのも、あなただけだわ」

「お祖母さんが亡くなったあと、お姉さんはわたしを引き取ってくれた。ラリーが大反対していたのに」ジャンは昔のことを思い出した。ラリーをどうしても好きになれなかった。彼はいつもジャンをよそ者扱いした。それでもマージーの家しか行くところはなかった。頼れる親戚はひとりもいなかったし、お金がないので寄宿学校にも行けなかった。だからマージーはラリーが根負けするまで説得を続け、ジャンを引き取ってくれた。けれどもラリーはずっと不満に思っていて、それをことあるごとに口に出してはっきり言ったのだった。

「わたしはラリーと結婚するべきじゃなかったのよ」マージーは沈んだ声で言った。「彼のことがまったくわかっていなかった。結婚を急ぎすぎたのね。人生の大きな決断をするのに、三週間では短すぎたんだわ」

ジャンはマージーの肩に手を置いた。「お祖母さんの遺産が少なくなって、わたしたちはみじめなほど貧乏だった。きっとそのせいもあって、あせって結婚したのよ」ジャンはそこで目を伏せた。「わたしはあなたの結婚生活のお荷物だったでしょう」

「何を言ってるのよ！」マージーは声を張りあげた。「お荷物なんかじゃないわ。わたしたちの結婚は最初からうまくいってなかったわ。それに、いったいどうすればよかったの？　あなたを路上に放り出せとでも？　そんなこと、できるわけないわ。わたしの愛する妹なんだから」

「わたしもお姉さんを愛している」ジャンはそう言って姉の肩に顔をのせた。

「とにかく、彼は真面目な人に思えたの。あんなにお酒が好きで、夜な夜なパーティに出かけるような人だとは思わなかった」

「でもね、マージー、男性はすべてラリーのような人ばかりじゃないのよ」

「一緒に住んでいないのに、その人がどういう人なのかどうしてわかるの？　わたしは、もう自分の判断は信用しないことに決めたの」

ジャンは心配そうに姉を見つめた。マージーは今も傷ついたままなのだ。一度結婚に失敗したからといって、人生を棒に振ってほしくなかった。マージーには絶対に幸せになってほしい。でも、どうすれば姉の心を癒やせるのだろう？

「話がそれたわね」マージーはほほ笑んだ。「なぜうれしそうな顔をしていたの？　マウント・ラシュモアの考えを変えさせるいい方法でも見つかったの?」

ジャンはまばたきした。「マウント・ラシュモア?」

「キャノン・ヴァン・ダインのことよ」

「ああ、そう、そうなのよ」ジャンはためらってから切り出した。「アンディがね、明日の晩、〈ルイス・デーンズ〉を四人で予約したの」

マージーは肩をいからせながら窓辺に歩いていった。「四人?」

ジャンはおそるおそるうなずいた。「あなたとわたしとアンディと、それに……」

「それに……?」

ジャンは息をのんだ。「キャノン・ヴァン・ダインなの」

2

マージーはグリーンの目を光らせた。「いやよ! 絶対に行かないわ!」

「お姉さんとキャノンは最悪な出会い方をしてしまったけれど」ジャンは説得にかかった。「それは売春婦のような服を着ていったせいよ。わたしはただ、あなたたちをふたりきりにすれば、うまくいくんじゃないかって思ったんだけど……。でもやっぱり、わたしがいけないのね——ちゃんと説明しなかったから。でもね、マージー、キャノンにはなんとしても結婚を許してほしいの。わたしのために家族も財産も捨ててなんてアンディに言えないわ!」ジャンはすがるような目になった。「わたしは、ひとりではキャノンとは戦えない。そんなに強くないもの」

「わたしなら戦えると思っているの？」マージーは目を見開いた。

「ええ。だって、あなたはキャノンを怖がっていないし、いつだって男性を惹《ひ》きつけるわ。男性はあなたの言うことならなんでも耳をかたむけるのよ。だから、わたしがヴァン・ダイン家の嫁にふさわしいと説得できるはずよ」

「わたしは妹をヴァン・ダイン家の嫁にしたいとは思ってないけれど。ねえ、わたしが鼻持ちならない上流階級の男性をどう思っているのか知っているでしょう。それに、そろそろアンディに、父がアルコール依存症で亡くなったことを打ち明けたほうがいいんじゃない？　一生隠してはおけないわよ」

　ジャンは後ろめたそうな顔になってうなずいた。

「わかってる。パナマシティに行ったら打ち明けようと思っていたの。ただ、わたしとアンディは育った環境があまりにもちがうし、キャノンはわたしが彼らの生活になじめず、アンディを不幸にすると思いこんでいるから。それを考えると怖くって」

「あなたならアンディを幸せにできるわ」マージーはきっぱり言った。「あなたは上品だし、礼儀作法だってしっかりしている。それに社交性もある。上司のためにディナーパーティを取り仕切っているものね」

　ジャンはにっこり笑った。「ほら、お姉さんはわたしのいいところをちゃんとわかっているわ。そこのところを強調してキャノンに売りこんでくれればいいのよ」

「専制君主は聞きやしないわよ」マージーはむっつりと言った。「彼は上流階級の人間のほうがすぐれているという幻想を信じている差別主義者なんだから。まったくなんて傲慢なのかしら。女性の下着を作っているくせに、よく傲慢でいられるわね！」そこでにやりと笑った。「ねえ、ジャン、アンディからレースの下着をもらってきてよ。それをあのビーナス像に着せたら、お隣のミセス・ジェームズはいったいなんと言うかしらね？」

ジャンはこらえきれずに噴き出した。こんなときでもマージーの冗談は冴《さ》えている。「わかった。頼んでみる。ねえ、明日、レストランに来てくれるでしょう？　姉さんが口添えしてくれたら、わたしはパナマシティに招待されるかもしれないんだから」

マージーはため息をついた。「わたしのせいでうまくいかずに、だめになることが多いって思ったことはないの？　実際、わたしは今晩、彼に嫌われるような真似《まね》をわざとしたんだから。なぜそんなことをしたのかは自分でもわからないけれど」マージーは乱れた長い髪をなでつけた。「きっと締め切りが迫っているからだわ。あと一カ月しかないのに、どうにも筆が乗らないのよ」そう言うと、真面目な顔になった。「しかたないわね。今晩のつぐないをするわ。この舌をかみ切ってでも明日はおとなしくしているから。どうにかしてあなたがパナマシティに招待されるように、ふたりでがんばりましょう！」

「ありがとう！　お姉さんは、いつだってわたしをがっかりさせたことがないんだから」ジャンは姉を抱きしめた。「きっとうまくいくわ。きっと」

けれども次の日の晩、マージーはレストランに着ていく服に着替えながら、どうすればあの傲慢な男性を説得できるのか考えあぐねていた。

今晩着ていくドレスはシンプルなデザインだが、黒いシフォンがふんだんにあしらわれ、V字型の襟は襞《ひだ》飾りで縁取られている。どうにも言うことをきかないブルネットの髪は頭のてっぺんでシニョンに結い、巻き毛をわずかに垂らした。化粧は控えめで、香水もきついものはやめ、花の香りをわずかにまとった。今日の姿はどこから見ても上品で、昨晩の娼婦《しょうふ》のような格好とは似ても似つかない。キャノン・ヴァン・ダインは同一人物だとは気づかないかもしれない。

ジャンはひと目見るなり、笑いをこらえながら言った。「まあ、昨日とは別人みたい。マクファーソンお祖母《ばあ》さんみたいよ」

「ここはお祖母さんの家だから、似るのも無理はないわ」マージーはため息をついた。「これならあなたの未来の義理のお兄さんも驚かないでしょう?」

「賭けてみる?」ジャンはそう言って笑った。

マージーは再びため息をついた。ジャンは体にぴったりした淡いグリーンのドレスに、それに合わせたアクセサリーを身につけていた。その格好が彼女をいっそう美しく見せていたし、アンディと愛し合っていることを物語るように顔が輝いていた。マージーは、アンディのことは気に入っていた。やさしくて穏やかで人なつこい性格だからだ。

「さあ、行きましょうか?」

「そうね」ジャンが返事した。「もうすぐ迎えが来ることになっているから」

マージーは妹とともに階下に下りて居間に行き、ソファの端にそわそわと腰を下ろした。どうにも不安で落ち着かなかった。

「ねえ、そんなに緊張しないで」ジャンがからかった。「緊張するのは、わたしのはずでしょう。わたしは、キャノンとは会話らしい会話をしたことがないんですもの。ただ挨拶しただけなのよ」

そのときドアベルが鳴り、マージーはその場で飛びあがった。

ジャンは目を丸くして姉を見た。マージーがこんなに緊張しているのを見るのは初めてだった。「大丈夫よ」そう言いながら姉のこわばった肩に手を置くと、ジャンはドアを開けに行った。

マージーは気力をかき集めて立ちあがり、自分に言い聞かせた。キャノンに負けてなるものですか。そうよ、彼のせいで落ちこみたくなんかない。

廊下から声が聞こえてきた。アンディのやさしい声と……それよりも低くて険しい声が。

アンディに続いてキャノンが居間に入ってくると、マージーはハンドバッグを握りしめた。アンディは兄と身長がほとんど変わらないが、兄のように筋肉はついていなかった。アンディの髪と目は茶色で、顔は柔和だが、意志の強さも表れている。まずまず整った顔立ちだが、もちろんジャンはこの世界の誰よりもハンサムだと思っているのだろう。アンディは兄がにらみつけているのを無視して、すぐにジャンの腰に手をまわし、唇に軽くキスした。

「母がきみをぜひとも招待したいと言っていたよ」アンディはジャンの耳もとでささやくと、顔を上げ、少しばかり大きな声になった。「やあ、こんばんは、マージー」

「こんばんは」マージーはそう返事をすると、キャノンをちらりと見た。彼は信じられないという顔つきでこちらを見ていた。昨日とのあまりの変わりように驚いているのだろう。アンディとジャンの話は聞こえていないようだった。

キャノンは昨日会ったときよりもさらに大きく見えた。彼の着ているイブニングスーツは男らしさを際立たせ、威圧感さえ与えている。黒い上質なシャツは筋肉の盛りあがった肌に吸いつき、動くたびに破れそうにさえ見えた。とはいえ、見上げるほど背が高いのに、歩き方は驚くほどしなやかだった。ブロンズ色の骨張った大きな手に印章つきの金の指輪をしていて、黒いうぶ毛の生えた手首には高価そうなしゃれた金の腕時計をはめている。マージーは体の他の部分も同じように黒い毛でおおわれているのだろうかとふと思ったが、そんな不埒《ふらち》なことを考えていることに気づくと、顔が赤くなった。

キャノンは彫りの深い顔をしかめ、彼女をにらみつけながら言った。「さあ、さっさと出かけよう」その声はいかにも無愛想だった。「早くすませて帰りたいからね」

「そうね。あなたを待たせたりしたら神に罰せられるものね」マージーは嫌みたらしく言いながらショールを肩にかけた。

「罰せられたりしないから安心するんだな。きみがヴィクトリア朝様式の家に住んでいるなんて思いもしなかったよ、ミセス・シルバー」

マージーは片方の眉を上げた。「わたしがどんな家に住んでいると思っていたのかしら。まあ、想像はつくけれど」

「住まいを見ただけでは、きみの第一印象は正しくなかったとは判断できないな」

「ミスター・ヴァン・ダイン」マージーは目をぱちぱちさせた。「さっさと出かけましょう」

「そうだな」彼はマージーとともに玄関ドアのほうに向かいながらつぶやいた。「すっかり少なくなった、ぼくの忍耐力がなくなってしまう前に」


レストランは混んでいたが、給仕長はキャノンに気づくと、すぐにテーブルへと案内した。店の中には人工の滝が流れ、その周囲に植物がふんだんに置かれていた。テーブルはそのすぐ近くだった。

「すごいな。ここはさしずめ沼なんだね」キャノンがワインを選んでいる隣で、アンディがそう言った。

マージーがにやりとした。「蚊よけの網を持ってくればよかったわね」

「粘着テープをつるして、蚊をつかまえたほうが効果的かもしれないよ」アンディがすかさず応じた。

「公の場にいるんだから、子どものようなふるまいをするんじゃない」キャノンはむっつりと言い、アンディとマージーをにらみつけた。

「ごめんなさい、パパ」マージーは目を伏せ、慎《つつ》ましやかに言った。

キャノンは彼女の皮肉に腹を立てたようだったが、それでもウエイターにグラスを渡されると、ワインに口をつけてからうなずいた。そしてウエイターがメニューを置いて立ち去ると、再び口を開いた。

「きみたちふたりは自然や野生生物に関心がないのかもしれないが」キャノンは大真面目な顔で言った。

マージーはあまりに見当ちがいな彼の言葉に噴き出しそうになった。彼には冗談が通じないのだ。

「少なくとも、店の中に滝を作った建築技術を高く評価するべきだ」

マージーはアンディの顔が見られなかった。もし目が合ったらふたりして笑い転げてしまうだろう。しかたなくメニューで顔を隠して言った。「この席、なかなかいいわね。ウエイターが水を持ってくるのを忘れたら、すぐにすくいに行けるものね」

「マージーったら」ジャンは困ったように言うと、顔を両手でおおった。

アンディの口から奇妙な声がもれた。彼はすぐにナプキンで口をおおい、わざとらしく咳払《せきばら》いした。

キャノンは大きな手でメニューをわなわなと握りしめた。「きみたちが酒を注文したら、ぼくはすぐにここから帰るからな。まったく、ワインのにおいをかいだだけで、もう酔っぱらったのか？」

マージーは顔を上げて彼をにらみつけた。

「マージー」ジャンが懇願するような顔で言った。「今日はおとなしくしていると約束して……」

マージーはうなずき、ワイングラスをキャノンのほうに押しやった。「そうね、たしかに約束したわね。わかった。噴水に飛びこむのはやめるから」

キャノンは顔をしかめた。「きみはいったい何歳なんだ？　十二歳か？」

マージーは眉を上げた。「冗談くらい言ってもいいでしょう。今日は親睦を深めるために集まったんだから」

「どうやらそれだけではすまないようだ」キャノンは険しい声で言い返した。

「ねえ、いいかげん、食欲がなくなるようなことを言うのはやめてほしいんだけど。朝も昼も食べてないから、おなかがすいているのよ」

「またタイプライターを一日じゅう打ってたのね」ジャンはそう言ってしまってから、はっとした。マージーに仕事のことは言わないでくれと頼んだことを思い出したのだ。キャノンはマージーにすでに反感を抱いている。何かと噂《うわさ》の多いロマンス作家だと知ったら、ますます反感をつのらせるだろう。

「タイプライター？」しかしキャノンはその言葉をとらえ、マージーをじっと見つめた。

マージーはすばやく考えをめぐらせた。「週に一回発行される地方新聞に政治コラムを書いているの」

「それで食事をする時間がなかったのか？」キャノンは疑わしげに言った。

「ええ、毎週、記事を載せなきゃならないし、それに二週間先の分まで書いておくことにしているから。新しい恋人ができたら、バミューダ旅行に行きたくなるかもしれないでしょう」

「そんなことを堂々と言うなんて、きみのだんなさんはかわいそうだな」キャノンはあきれたように言った。

「わたしの夫は亡くなったのよ、ミスター・ヴァン・ダイン」マージーは感情のない顔になった。「五年前に飛行機事故で。まだ話すのがつらいから、できればその話はしたくないんだけど」

キャノンはきまり悪そうに彼女をしばらく見つめていたが、やがてメニューに目を戻した。

マージーもメニューを見た。今では高級レストランで食事しても、勘定の心配をしなくていいほど稼げるようになったが、それでもためらわずにはいられなかった。メニューには二十ドル以下の料理はなく、一番安いのはハムとチーズを詰めた鶏の胸肉の料理だった。マージーは鶏があまり好きではなかったが、ヴァン・ダインには一セントたりともおごってもらうわけにはいかなかった。

ウエイターが戻ってくると、キャノンは面倒くさそうに言った。「メニューを翻訳してやろうか？」

マージーはわざとらしいほどにっこりほほ笑んだ。「まあ、なんて親切なのかしら。でも、なんとか自分で注文してみるわ」そう言うと、顔を上げてウエイターと目を合わせた。「わたしはコルドンブルー《ジュ・プラン・ラ・プール・》風のチキンをいただくわ《コルドンブル・シル・ヴ・プレ》」それは流暢《りゅうちょう》なフランス語だった。「つけ合わせはポテトと芽キャベツにし《デ・ポム・ド・テール・ルイ・エ・デ・シュー・ド・》てちょうだい《ブリュッセル》」

ウエイターはうれしそうにほほ笑んだ。「かしこ《アヴェック・》まりました《プレジール》、マダム」そしてキャノンに尋ねた。「ムッシュー？」

キャノンはマージーをにらんでから、ステーキとベークドポテトとサラダを英語で注文した。それからマージーに顔を向けて冷ややかに言った。「きみはフランス語が上手だな。他の言葉もしゃべれるのか？」

「スペイン語とイタリア語。あとアラビア語とヘブライ語も少し習ったわ。語学が好きなの。大学のとき夢中になって勉強したのよ」

「専攻はなんなんだい？」

「ジャーナリズムよ。でも大学には二年しか行かなかったけれど」

「なぜやめたんだ？」

マージーは顔から表情を消した。「結婚したから」

ウエイターが立ち去り、テーブルに沈黙が落ちた。

ジャンがそれを埋めるように口を開いた。「マージーは料理が上手なんです」

「料理ね」キャノンは再びマージーを見た。「何が一番得意なんだ？」

「そうね、バターでソテーした毒キノコとかベラドンナとか。まあ、あなたはそんな料理を食べてもぴんぴんしているんでしょうけれど」

「マージー！」ジャンがうめくように言った。

「心配しなくてもいいさ」キャノンは顔をジャンに向けた。「ディナーの席で刺激的な会話をするのは嫌いじゃないからね。いい気分転換になる」

「あら、そうなの？」マージーは甘ったるい声で言った。「あなたと意見が合わなかった人たちは、テーブルの下にもぐりこまなきゃならないんじゃないの？」

キャノンは首をかしげた。「たしかに、そのほうが安全だろうがね」


「ところで」アンディが取りなすように口を挟んだ。「母さんに電話して、ジャンをパナマシティへ一緒に連れていくと言ったんだ」

キャノンは眉を上げた。「ああ、そう言ってたよ。さっきぼくも母さんと話したんだが、ジャンが一緒に来るのも悪くないと思えてきた。そう、それにミセス・シルバーも妹のことが心配だからついてきたいんじゃないのかな」

三人は驚き、キャノンを見つめた。

ジャンとアンディはうれしそうだったが、マージーはぞっとして早口で言った。「わたしは旅行が好きじゃないの、ミスター・ヴァン・ダイン。それに、わたしにはやらなくてはならないことがあるから」

「タイプライターを持っていけばいいわ」ジャンはそう言いながら、すがるような目で姉を見た。

キャノンはいぶかしげに眉を上げた。「それとも、やらなきゃならない儀式でもあるのか？」

「そんなものはないけれど」マージーは硬い声で言った。「でも、わたしは何よりも仕事が大切だし、新聞もわたしの記事が必要だから……」

キャノンがすかさず言った。「だからタイプライターを持っていけばいいと言っているだろう」

「そうだよ。タイプライターにサーフィンのしかたを教えればいいのさ」アンディがにやにやしながら言った。

マージーも笑いながら冗談を返した。「それがまだアルファベットを教えている最中なのよ」

「お願いだから、一緒に行くことを考えてみてくれる？」ジャンが真剣な顔になって言う。

マージーはしぶしぶうなずき、顔を伏せた。

キャノンは何も言わなかったが、マージーは彼に観察するような目で見られているのを感じていた。思わず顔を上げると、ふたりの目が合った。そのとたん、彼女の体の隅々にまでぞくぞくするような興奮が駆け抜けた。こんな気持ちになったのは初めてだった。彼の目から電流が放たれ、それが伝わってきたかのようだ。マージーはすぐに目をそむけた。そうでもしなければ焼け焦げてしまいそうな気がしたのだ。

あわててフォークを持ったが、落としてしまいそうになった。思った以上に動揺しているようだ。落ち着きなさい。マージーは自分にそう言い聞かせた。

食事のあと、一行はディスコに出かけた。ジャンとアンディはフロアへ踊りに行ってしまい、耳をつんざくような大音響の中、マージーとキャノンがあとに残された。

キャノンは注文したコーヒーに口をつけると、手持ち無沙汰に煙草《たばこ》に火をつけた。ディスコにいる彼は、なんとも場ちがいに見えた。彼もマージーと同じで、滝のそばにいるほうが落ち着くらしかった。

「楽しんでるかい、ハニー？」キャノンがあざけるようにきいた。

マージーはにっこりした。「あなたと同じくらい楽しんでいるわよ、ミスター・ヴァン・ダイン。あなたも、この日常とはかけ離れた空間が大好きなんでしょう」

キャノンは彼女をじろりとにらみ、それから再びコーヒーを飲んだ。ブラックが好みのようで、それは意外なことではなかった。ブラックが彼のイメージにぴったり合っていたからだ。

「ああ、耳がおかしくなりそうだ」彼はカップを押しやりながら言った。「きみがそのコーヒーを飲んだら、ここから出ていこう」

マージーは素直に従った。というのも、彼女の耳もおかしくなりそうだったからだ。キャノンはアンディのところに行って何か言うと、すぐに戻ってきてマージーを連れて外に出た。暖かな夜だった。

「どこに行くの？」マージーは彼を見上げて尋ねた。

彼女は背が高いほうだったが、それでもキャノンの顔はずっと上にあった。十人の強盗と出くわしたら、九人はキャノンのたくましい体に恐れをなして逃げ出してしまうかもしれない。けれどもマージーは不思議と怖くなく、安心感さえ抱いていた。

キャノンは口をゆがめた。「どこにも行かない。きみはぼくの好みのタイプじゃないからな」

マージーはかっとなって言い返した。「わたしだって、あなたなんかお断りよ。まったく失礼な人ね。一緒にいるのさえいやだわ」

「ぼくが家に迎えに行ったとき、そこにいたのは南部美人のお嬢さんだったけれど、彼女はいったいどこに行ったんだ？」

「あら、気がつかなかった？　彼女はたった今、チャールストン港で大砲を撃ったんだけど。いいこと、わたしは決して負けないわよ」

「ぼくも決して負けない」

「何事にも初めてはあるのよ」

キャノンは愉快そうに笑いながらリンカーンをとめたところへ彼女を連れていって助手席に乗せた。それから自分は運転席に乗りこんだ。

「どこに行くつもりなの？」マージーは再び尋ねた。

「どこにも行かないって言っただろう。アンディに、その曲を踊ったら店を出るように言ったんだ」キャノンはそう言うと、背もたれの後ろに腕を伸ばし、顔を向けた。

彼にじっと見つめられて、マージーは頬が赤くなるのがわかり、あわてて口を開いた。「疑っているのなら言っておくけど、あなたの見ているものはすべて持って生まれたものなの。整形なんかしていないから」

「今日のきみは昨日のきみとまったく別人だ。昨日のきみは、いったいどこにしまったんだ？」

「ハロウィンの衣装入れの袋の中よ」マージーは肩をすくめた。「昨日はやることがあったのに、ジャンに地味な服を着てレストランに来いって頼まれたの。本当は出かけたくなかったのに」

「それで彼女を困らせてやろうと思って、あんな格好をしてきたのか」

「あなたもいると思っていたから」マージーは口をゆがめた。「あなたは保守的な人だから、おとなしくしているようにとジャンに言われたの」

「保守的ね」彼は考えこむようにそう言うと、笑みを浮かべた。顔に刻まれたしわが消え、やわらかな表情になった。「これまでいろいろなことを言われたが、保守的な人だと言われたのは初めてだ」

「あら、保守的な人に見えるわ。流行に左右されない服を着ているし、上品な高級車に乗っているし」

「こうすれば敵が油断するからね」

「本当にそう思っているのなら、あなたは油断ならない人ね、ミスター・ヴァン・ダイン」

「用心深いだけだよ、ミセス・シルバー。ぼくがまちがいを犯すと、仕事を失う人たちが大勢いるからね。ぼくは会社が必要としているイメージどおりにふるまわなきゃならない。公の場では」

「プライベートでは？」マージーはとっさにそう尋ねていた。

キャノンは彼女の目をのぞきこんだ。「そんなことをきくなんて、きみは赤の他人を誘惑するくせでもあるのか？」

「そんなくせはないわ。あなたが敵意むき出しでいちいち突っかかってくるから、わたしもかっとなるのよ」

「言い返されることに慣れてないのか？」

「そうでもないけど、ミセス・ジェームズだけにはついやり返しちゃうわね」

キャノンはまばたきした。「誰だって？」

「隣の家の人」彼女はいたずらっぽい笑みを浮かべた。「わたしとジャンを育ててくれたマクファーソンお祖母さんのようにとても厳格な人なのよ。まあ、裸のビーナス像を裏庭に置くのを許してくれているけれど」

キャノンは眉をつりあげた。「きみは裸の像を持っているのか……。いや、驚くことじゃないな。ぼくが抱いているきみのイメージにぴったりだ」

そのイメージはまちがっていた。しかしマージーはそれを教えてやるつもりはなかった。自由奔放な浮ついた女だと思わせておけばいいのだ。そうすればキャノンのような男性は近づいてこない。

「あなたの会社で作っている下着はたくさん売れているの？」

彼は値踏みするような顔になった。「その質問には答えないほうがいいだろう。きみが腰を抜かすかもしれないからな。でもまあ、ぼくはきみよりも十五歳ほど年上だから、きみよりもかなりたくさん稼いでいるよ」

「そんなことを言っても、わたしは萎縮しないわよ」

「そうだろうな。だからこそ、きみは思っていたよりもずっと面白い。ぼくは追いかけまわされるのも、おべっかをつかわれるのも大嫌いだが、きみならそんなことはしないだろう」

「でも、あなたは追いかけまわされているんでしょう——お金も権力もあるから。あなたのいる世界になんとしても入りたいと思う女性もいるんでしょうね」

彼は目を丸くした。どうやら驚いたようだった。そして驚かされることに慣れていないようだった。

「ああ、きみの言うとおりだ」

「あなたの妻だった人は、それが理由であなたと結婚したの?」

彼はふいに冷ややかなまなざしになった。「その話はしたくない」

「ごめんなさい。詮索するつもりはなかったの。わたしも自分のことはあまり話したくないから」マージーはそう言いながら、こんなことを話している自分に驚いていた。意外だが、彼はいい話し相手になれるようだ。

キャノンは顔をしかめて彼女を見た。

その顔を見て、マージーは思い直した。いや、やはり彼といると、平静ではいられなくなる。心が波立ってしまうのだ。こんな気持ちにさせる男性は他にはいない。

「きみは不思議だな」キャノンはぼそりと言った。

「ぼくの知っている女性のカテゴリーに入らない」

「それって、あなたのベッドに入れてくれと抱きついてくる女性のカテゴリーってこと? それとも別のカテゴリーがあるのかしら?」

「ぼくを怒らせるために言ったのなら、無駄だったな。きみはぼくといると、自分を守ろうとして先に攻撃を仕掛けてくるようだね。どうしてなんだい？」

マージーは話の向かう先が気に入らなかった。だから、わざと南部なまりをきかせた鼻にかかった声で言った。「レディはそういう話はしないものよ」

「白旗を振ってさっさと降参しろ、マージー。そのわざとらしい南部なまりは我慢ならない」

マージーは目を光らせた。「わたしもあなたに我慢ならないわ、専制君主様。わたしは分析されるつもりはありませんから。それに、あなたの口調だって耳障りよ。北部人《ヤンキー》、丸出しなんだもの」

キャノンは笑いだした。「だったら、ぼくの祖母が生まれも育ちも南部のチャールストンだと言ったら、少しは気が楽になるかい？」

「いいえ、少しも」マージーはきっぱりと言ったが、自分が舌戦において劣勢に立たされていることはわかっていた。キャノンは思っていたような真面目一辺倒の堅苦しい人物ではないらしい。

「どうしたんだ、ハニー。ぼくの機嫌を取るのはもうあきらめたのかい？」

マージーは彼をにらみつけた。「あなたの機嫌を取るんだったら、スイートポテトの機嫌を取ったほうがよほどましよ」

キャノンは喉を鳴らして笑った。「そうかもしれないな」そう言うと、彼は唐突にマージーの肩を抱いて引き寄せ、あざけるように言った。「いいか、きみはパナマシティに来るんだ。もしそこでぼくを再び誘惑しようとするなら、これだけは覚えておいたほうがいい。ぼくは結婚していたし、ベッドに女性を招くのも嫌いじゃない。でも、ぼくは決してやさしい恋人にはなれないよ、マージー」

マージーは憤慨して息をのんだ。「わたしにとって、そんなのはどうでもいいことだわ」

「きみのような女性のことはわかっているんだ」キャノンは鋭いまなざしになった。「きみは男を誘惑し、その男が燃えあがったとたん、背中を向けて逃げ出すんだ。気をつけたほうがいい。パナマシティで誘惑しようとしてその体を差し出したら、ぼくはきみを浜辺に放り投げるからな」

キャノンはそう言って彼女から手を離すと、背もたれに寄りかかって煙草に火をつけた。そして、散歩でもしているかのようにのんびりした声で言った。

「いいか、きみが何をたくらんでも妹のためにはならない。繰り返し言うが」そこで黒い目を光らせた。「ぼくはあのふたりの結婚を認めない。絶対に」

「だったら、どうしてわたしたちをパナマシティに連れていくの？　射撃練習の標的にでもするつもり？」

「それなりに理由があるからだ」彼は謎めいた返事をした。

「ジャンにチャンスもあげないつもりね」

「ああ、そうだ」キャノンは険しい声で言った。「きみとぼくの世界はニューヨークと泥水のたまった沼ほどもちがうんだ」

「鼻持ちならないヤンキーね」マージーはぴしゃりと言い返した。怒りで目が見開き、頬は上気し、ブルネットの髪がつややかに輝いていた。そんなふうに怒った顔も美しかった。

「降参するかい、ミセス・シルバー？」

「あなたのような人がいる家に妹を嫁がせるくらいなら」マージーは声を張りあげた。「売れ残りになって死んだほうがましかもしれないわ！」

キャノンは笑いをこらえるように肩を揺らした。

「落ち着けよ、ハニー」

だがマージーはますますかっとなった。なんて人なのかしら。地獄に堕《お》ちればいいんだわ。今すぐに飛びかかって、ひっぱたいてやりたい。マージーがこんな我をも忘れるほどの怒りに駆られたのは初めてのことだった。

キャノンもそれはわかっていたらしい。目が面白そうに輝いていたからだ。

「もう家に帰りたいわ」マージーはうんざりしたように言うと、顔をそむけて誰もいない駐車場をにらみつけた。目に涙がこみあげてきたが、キャノンにだけは泣き顔を見られたくなかった。

「もうあきらめるのかい?」

マージーは返事をせず、ただ唇を震わせながら息を吸いこんだ。

キャノンは煙草を消すと、唐突に彼女の肩をつかんで腕の中に引き寄せた。マージーは驚いて全身をこわばらせたが、彼は手を離そうとはせず、彼女の体をやさしく揺すった。マージーの体からじょじょに力が抜けていった。

「わたし……パナマシティには行かないわ。行きたくないの」しばらくしてからマージーは小声で言った。ジャンを助けてやりたかったが、キャノンと一緒にいるのは、何よりも危険なことのように思えたのだ。

「いや、きみは行くんだ」キャノンは耳もとでささやいた。「このぼくがそれを望んでいるし、きみだって本心では行きたがっているはずだ」

マージーは彼の胸に手を当てて押しやろうとしたが、びくともしなかった。「絶対に行かないから!」

彼女は目に涙をためて、彼の胸をさらに強く押した。

「お願いだから、こういうこともしないで……」

キャノンは驚いたように手を離し、マージーをじっと見つめた。「きみがそんな態度をとるのは、相手がぼくだからなのか？　それとも男性にはいつもそうなのか?」

「わたしは意志に反して体の自由を奪われるのが大嫌いなの。こんなふうに無理やり抱きしめられたりすることがね！」

キャノンが顔を上げると、ジャンとアンディが手をつないでこちらに来る姿がバックミラーに映っていた。彼は小声で悪態をついてから言った。「いつかその理由を話してもらうからな」

「当てにしないでちょうだい。たとえパナマシティに行かなきゃならなくなっても、あなたのことは徹底的に避けてやるから」

彼は冷ややかな笑みを浮かべた。「ぼくがきみを抱っこしてパナマシティに連れていってもいいんだぞ」

「それは誘拐と言うのよ」マージーはぴしゃりと言い返した。「れっきとした犯罪行為だわ」

「ぼくは自分が作ったルールにしか従わない。そんなことも知らなかったのか？」キャノンは傲慢にもそう言い放った。「それに、ほしいものはどんなことをしても手に入れる」


「今回は、そういうわけにはいかないわ」

「いや、今回もぼくの思いどおりにする」キャノンはそう言い返すと、探るような目で彼女を見た。

マージーはまっすぐ見返したが、彼の熱いまなざしにさらされ、巧みな指で素肌を愛撫《あいぶ》されているような感覚が体に広がっていた。こんなにぞくぞくしたことはこれまでない。キャノンは想像していた人物とはまったくちがう。アイパッチこそしていないが、海賊のように危険な男だ。心の中で警鐘が鳴りだし、今すぐにでも車から飛び出てこの場から逃げ出したかったが、同時に彼のことをもっと知りたいという好奇心もふくらんでいた。

キャノンがふいに手を伸ばし、マージーの唇をそっと指でなぞった。ささやきかけるように触れているだけだったが、それでも彼女の体を興奮が駆け抜けた。

だが真珠のような白い歯のあいだにキャノンが指

をすべらすと、マージーは小さく息をのみ、とっさに体を引いた。

彼はあざけるように口の端をゆがめた。「さあ、マージー、パナマシティに行くというんだ。さもないと、アンディにきみの妹を連れてきてはならないと言い渡すぞ」

「あなたなら、ためらわずにそうするんでしょうね！」

「そのとおりだ。さあ、行くのか、それとも行かないのか？　今すぐ返事をするんだ！」

「行くわよ」マージーはしぶしぶそう言うと、顔をそむけた。ちょうどそのとき、アンディとジャンが車の後部座席に乗りこんできた。ふたりともこの世の誰よりも幸せそうにほほ笑んでいた。

「さて、兄さん、次はどこに行くんだ？」アンディが尋ねた。

「家だ」キャノンはそう言うと、車のエンジンをかけた。

それから数分後、リンカーンはマージーとジャンの家の前にとまった。キャノンはマージーを玄関の前まで送っていった。アンディとジャンは少し離れたところで名残惜しそうに話しこんでいる。

「金曜日の朝、六時に迎えに来るから」キャノンはきっぱりと言い渡した。

「迎えなんかいらないわ。飛行機の便名と航空会社を教えてくれればいいから」

「便名？」彼は冷ややかに言った。「ぼくの自家用ジェット機で行くんだよ、ハニー。ぼくが操縦桿《かん》を握る」

マージーは顔から血の気が引いていくのがわかった。「やっぱり、わたしは遠慮して……」

「ぼくは二十年も飛行機を操縦しているし、他人の命をあずかるときは、ことさら慎重になる」そう言うと、キャノンは目を鋭く細めた。「もしかして、だんなさんが亡くなってから、小型の飛行機には乗っていないのか？」

マージーは彼の黒いネクタイを見ながらうなずいた。「ええ」

「だったら、なおのこと慎重に操縦するよ」

キャノンの声があまりにやさしかったので、マージーは思わず顔を上げた。すると、ふたりの目が合った。

「一緒にパナマシティに行こう」彼は再びやさしい声で言った。

マージーは返事をしようとしたが、喉に息が詰まった。まるで催眠術にかけられたかのようだった。

それでもどうにか口を動かした。「わたしに選択肢はない。そうなんでしょう？」

「そうだ」キャノンはそう言うと、彼女のふっくらした唇に目を落としてささやいた。「きみの唇は色っぽいな。誰かの唇にこんなにもキスしたいと思ったのは、高校生のとき以来だ」

「嘘《うそ》つき。そんなこと思ってもいないくせに」心臓がおびえたウサギのようにどきどき打ちだしたが、それでもマージーは軽い口調で言い返した。

「ぜひとも試してみたいな」

キャノンがそう言って足を踏み出すと、マージーは目を見開いた。キャノンが抗《あらが》えぬほど力強いことはすでにわかっているので怖かった。彼の官能的な唇が見かけどおりに熟練の技を持っていたとしても、そんなことは知りたくなかった。

「それ以上、わたしに近づくと怪我《けが》するわよ」マージーは警告した。

キャノンは目を光らせた。「たしかに、そうかもしれない。きみはきっと山猫のように激しくもがいて抵抗するんだろう？」

マージーはことさらゆっくりとうなずいた。「死力を尽くして戦うわ」

「でも、それは最初の数分のあいだだけだ」キャノンはそう言うと、目で大胆に彼女の体のラインをたどってから再び顔を上げた。「そのあとは……」

マージーは咳払いした。「金曜日は約束があるの……」

「断るんだな」彼はそっけなく言った。「ぼくは、嘘はつかない。きみがだめなら、ジャンも行けなくなる」

マージーはどうしたものかと迷い、彼の目を探るように見つめた。「わたしが行ったら、少なくとも話は聞いてくれる?」

「わかったよ」キャノンは言った。

マージーには彼が本気でそう言ったことがわかった。「だったら行くわ」

キャノンはわずかに顎を上げた。「とはいっても、これ以上のことを約束することはできないよ、マージー」

「それはわかっているわ」

キャノンは再び彼女の体を見まわし、胸もとで目をとめた。「ぼくはひとつだけまちがえたことを言ったのかもしれない」

「まちがえたこと?」

「パッド入りのブラジャーだ」キャノンはからかうように言った。

マージーは歯を食いしばった。そうでもしなければ彼をひっぱたいてしまいそうだった。頬が真っ赤に染まっていた。

「あなたって最低な人ね!」

「怒るのも当然だと言いたいのかい?」彼はあざけるように言った。「きみはあけすけな話ができる進歩的な女性だと思ったが」

「あなたと話していると、十三歳の子どもになったような気がするわ」彼女はとっさに言ってから、こんな男性にそんなことを認めたのを後悔した。彼の前では落ち着きを失うと言ったも同然ではないか。

「そうなのか？」彼は面白がるように口をゆがめた。

「おやすみなさい、ミスター・ヴァン・ダイン」彼女はそう言うと、くるりと背中を向けた。

「おやすみのキスはないのかい？」

「試そうとしたら、かみついてやるから」マージーはうなるように言った。

キャノンの眉と口の端がつりあがった。「想像するとぞくぞくするね。ぼくのどこにかみついてくれるんだい？」

マージーは自分の負けを悟り、背中を向けた。そして何も言わずにすたすた歩き、まっすぐ家の中に入っていた。

3

「まるでわたしが彼にキスしたがってるみたいじゃない！」マージーはそう言いながら足音も荒く階段を上がっていった。後ろにいるジャンが面白がるような顔をしているのには気づかなかった。

「キャノンは、お姉さんにキスしようとしたの？」

だがマージーはその質問を無視した。「あの人は横柄で傲慢で、一緒にいるといらいらしてくるわ。パナマシティに行くと言ってしまったなんて、わたしはどうかしていたんだわ」

「きっと楽しい旅行になるわよ」ジャンが取りなすように言った。「わたしの一生の願いを、お姉さんは叶《かな》えてくれたんですもの」

マージーは自分の部屋の前で立ちどまり、振り返った。「わたしは、あなたのお願いには弱いのよ。どうにかして、あの傲慢な男と顔を合わせない方法を考えてみるわ。もっとも、あの男がいたら部屋から出たくなくなるから、仕事がはかどっていいかもしれないけれど」

ジャンはすまなそうな顔になった。「ごめんなさい。でもお姉さんが有名なロマンス作家であることは隠しておいてほしいの。理由もなくそう頼んでいるわけじゃないのよ。わたしはお姉さんが成し遂げたことを誇りに思っているわ。才能があるし、本が売れて有名になったし……。でもキャノンは恐ろしいほど保守的な人だから……」

「別にかまわないわ。でも……。まあ、たしかにわたしの写真は本に載っているから、有名っていえば有名かもしれないけれど、わたしは好きなことを仕事にしているだけで、特別な人でもなんでもないのに」

「ちがうわ」ジャンはそう言って姉を抱きしめた。「お姉さんは特別な人よ」

マージーはくすくす笑った。「キャノンは、そうは思っていないわ。レストランで、わたしはアンディともどもトイレに追いはらわれるんじゃないかと思ったもの」

ジャンも笑った。「アンディも冗談を言ってからかうのが大好きなのよ。たとえその相手がキャノンであっても」

「そういえば」マージーはキャノンとの会話を思い出しながら言った。「あの人、思ってたほど頑固じゃなさそうよ。それに敵を油断させるために、わざと保守的な人のふりをしていると話していたわ」

「お姉さんはそれを信じるの？」

マージーは考えこむような顔になった。「ええ。だって、彼って次に何をするのか予想できないもの。

保守的な人にそんな真似《まね》はできないわ」

「キャノンが怖くないの？」

「わたしが？」マージーは侮辱されたプリンセスのように背中をすっくと伸ばした。「わたしは学生のとき、男子を追いはらうのが誰よりもうまかったのよ。それに自分を守ることに関しては、わたしの右に出る者はいないわ」マージーはそこで芝居がかった声になった。「この身を守るためだったら、陸であろうと海であろうと力のかぎりを尽くして戦い……ちょっと、どこに行くのよ」

「おやすみなさい」ジャンはそう言いながら自分の部屋のほうに歩いていった。

「せっかくこれからいいせりふが続くのに」

「本に書けばいいわ。そうしたら読むから」ジャンは自分の部屋に入ってドアを閉めた。

マージーも笑いながら部屋の中に入っていった。

けれどもなかなか眠れなかった。ようやく眠りに落ちても、夢にキャノン・ヴァン・ダインが出てくるのだ。何度か目を覚ましたあと、ベッドの中で体を起こした。全身が火照り、彼の指先が触れた唇がひりひりしている。キャノンは堅物の実業家に見えるが、女性をどう扱えばいいのか心得ている。女性がどんな反応をするのか手に取るようにわかっているのだ。だったら、どうすればいいのだろう？　今日だって彼にちょっと触れられただけで、脈が跳ねあがったのだ。そんなふうに心を乗っ取られたくない。ただでさえ、威圧的な男性の前では、わたしは傷つきやすい女になってしまうのだから。

パナマシティに行ったら、できるだけキャノンとは距離を置こう。ラリーのような男性と再び関わり合いたくない。誰にも縛られず自由に生きることのすばらしさを知ってしまったのだから。

金曜日の朝、マージーは飾り気のない白い麻のスーツを着て、淡いグリーンのブラウスをそれに合わせた。ジャンがあざやかなミントグリーンのサンドレスを着て階段を軽やかに下りてくると、苦笑いした。

「こんな地味な服にしなければよかった」マージーはうめくように言った。「アンディもきっとカジュアルな服を着てくるでしょうし」

「アンディのことはわからないけれど」ジャンはほほ笑んだ。「でもその服、よく似合っているわよ」

「あなたもね。さあ、もう一度戸締まりをたしかめましょう」マージーとジャンは二週間ほど家を留守にしてもいいように取りはからった。ジャンは上司にかけ合って休暇を取り、郵便物はお隣のミセス・ジェームズにあずかってもらうように頼んだ。

二階の戸締まりを確認してから階段を下りると、私道に車が入ってくる音がした。マージーの心臓はとたんにどきどき打ちだし、手で髪を落ち着きなくなでつけた。

「迎えが来たわ！」ジャンは笑みを浮かべてそう言いながらドアのほうに走っていった。

マージーは妹がこんなにも生き生きと楽しそうにしているのを見たことがなかった。こんな顔を見られるのなら、何を犠牲にしても惜しくない。

ジャンがドアを開けると、バミューダパンツをはいたアンディが立っていた。シンプルなシャツを着て、白いソックスにスニーカーをはいている。彼はジャンにキスしてから、顔を上げてマージーに挨拶した。

「やぼったいって言いたいんでしょう」マージーはため息をついた。

「いや、実にエレガントですよ」アンディは励ますように言った。

マージーはモデルのようなポーズを取った。「ヴォーグ誌に次の表紙を飾る準備はできていると伝えてちょうだい」

ジャンとアンディはくすくす笑ったが、キャノンが玄関に現れると、明るい雰囲気は消えてなくなった。彼は疲れた顔をしていて、愛想笑いのひとつも浮かべる気はないらしい。そしてサファリスーツを着ていた。他の男の人が着ていたらおおげさな格好だが、マージーには従者を引きつれてアフリカのジャングルに旅立つ冒険家のように見えた。

「彼は途中でケープタウンに立ち寄るつもりかしら？」マージーはからかわずにはいられなかった。

キャノンは彼女をきっとにらみつけた。「あと三時間経《た》って、コーヒーを四杯飲んだら、きみの冗談につき合ってやるよ。でも今は、少しでも早く出発したい」

「あら、わたしたちはお忙しいあなたの邪魔をしているのかしら？」マージーは鼻にかかった南部なまりで言い、キャノンの横をすばやく通りすぎようとしたが、肩をつかまれた。彼にじっと見つめられて、マージーの頬は熱くなった。

「芝居はもうやめるんだ」キャノンはきっぱり言った。「ぼくの前では自分らしくふるまうことだ」

マージーは息苦しくなった。キャノンはわたしをおかしな気持ちにさせる。落ち着きのない少女になったように、ずっとそわそわしているなんて。「お芝居なんかしていないわ」

肩をつかむ彼の手に力がこもった。「きみは磁器の人形のようだ。美しいが、もろくて壊れやすい。さあ、行くぞ。昨晩は合併交渉の準備をしていて、あまり寝ていないんだ。だから、くたくたに疲れているんだよ」

「そんな状態なのに飛行機を操縦できるの？」

「いや、できないね」驚いたことに、キャノンは素直に認めた。「だから、うちで雇っているパイロットに操縦してもらうことにした。どのみち、ぼくは飛行機のなかでいくつも電話をかけなきゃならないんだ。電話で話をしながら飛行機を操縦することはできないからね」そう言うと、彼はすたすた歩きだした。

マージーは小走りであとからついていった。その途中、アンディと話しこんでいるジャンに声をかけた。「ジャン、タイプライターも荷物に入れてくれた？」

「もちろんよ」妹はにっこりした。「トランクの中の旅行かばんに入っているわ」

「それも芝居かい？　人に感心してもらうために勤勉なコラムニストをよそおっているのか？」キャノンが口をゆがめて言った。

「言ったでしょう。二週間先の原稿まで書いておくんだって。それに、あなたにそんなことを言われるすじ合いはないわ。口を開けば忙しい忙しいって言ってるのはいったい誰よ？　ゆっくり過ごすことはあるの？」

「ベッドの中では」

マージーは赤くなり、ぷいと顔をそむけた。

彼は低い声で笑った。「何か勘ちがいしたのかな。ぼくはゆっくり眠るという意味で言ったんだが」

マージーは体をもぞもぞ動かしながら、ことさら明るい声で言った。「こんなによく晴れているなんて、まさに旅行日和ね」

ヴァン・ダイン家の海辺の別荘はフロリダ州のパナマシティの郊外にあった。高くそびえ立つ白い石壁に囲まれ、大きな門の向こうにはヤシの木と花を咲かせたハイビスカスが並ぶ私道が延びていた。その先に広々とした石造りの屋敷があった。マホガニーのどっしりした玄関扉を通り抜けると、大広間になっていて、そこから階上へと続く階段の手すりにも美しい模様の刻まれたマホガニーが使われていた。

家具は西インド諸島風で統一され、床には敷石が敷きつめられていた。それぞれの部屋には分厚い絨《じゅう》毯《たん》が敷かれ、大きな窓には襞《ひだ》をたっぷり取ったカーテンがかけてある。女性だったら、こんなすばらしい屋敷に住めるなら何を差し出してもかまわないと思うだろう。

ヴィクトリン・ヴァン・ダインはそんな屋敷に住んでいるのがいかにもふさわしかった。彼女はこの優雅な別荘の一部であるかのようにエレガントだったが、それでいて親しみやすかった。目はキャノンと同じ濃い茶色だが、顔がアンディのように柔和だからなのだろう。体つきはすらりとしていて、短い銀色の髪が年齢よりもずっと若く見える顔を縁取っていた。

「あなたたちのことはキャノンとアンディからたっぷり聞いたわ」ヴィクトリンは茶色い目を輝かせながら言った。「その内容はずいぶんとちがったけれど。お会いできてうれしいわ」

ジャンはそう言われると、とっさにヴィクトリンを抱きしめた。ヴィクトリンもしっかりと抱き返してからマージーに顔を向けた。

マージーはにやりと笑った。「キャノンからなんと聞かされたのかは知りませんが、わたしは世界最古の女性の職業にはついていませんよ」

ヴィクトリンもにやりとした。「あら、残念だわ。お仕事を楽しんでいるのか聞こうと思っていたのに。だったら何をなさっているの？」

「彼女は家にいて、近隣住民にショックを与えているんだよ」キャノンは肩越しに言うと、スーツケースを持って階段のほうに向かった。

ジャンとアンディも笑いをこらえる顔をして彼のあとからついていった。

「さてと」ヴィクトリンはマージーとふたりだけになると、こう言った。「いったい何が起こっているのか話してくれるかしら」

マージーはこれまでのいきさつを話した。「最初に会ったときに、キャノンはどうやらわたしのことを売春宿のおかみだと思ったらしいんです。今はきっと、わたしを挽《ひ》き肉にしてソーセージにしたがっていますよ」

「まあ、驚いた」ヴィクトリンは笑いながら言った。「キャノンが初対面の人にそんなひどいことを言うなんて聞いたことがないわ。何かの前触れかもしれないわね。あなたは未亡人だとキャノンは言っていたけれど」

「ええ、そうです」マージーは顔を伏せた。「夫は五年前に飛行機事故で亡くなりました」

「わたしもそのころに夫を亡くしたの」ヴィクトリンはため息をついた。「夫がいなくなってつらかったのは、わたしだけではないの。キャノンもそうだったのよ。あの子が全責任をすべてひとりで背負うことになったから。もちろんアンドリューも手伝ってはいるけれど、会社の社長はキャノンだから」

「仕事の重圧にさらされているんですね」

「ええ、かなりの重圧にね。自分に厳しいから。遊ぶことをすっかり忘れてしまったの。笑うこともね。結婚しているときも苦しんでいたけれど、離婚するときにはもっとつらい思いをしたのよ。子どもがいなかったのは幸いだったわ。あなたは？」

「子どもはいませんでした」マージーはそう言った。思っていた以上にそっけない声になってしまった。

ヴィクトリンは華奢《きゃしゃ》な手をマージーの腕に置いた。

「幸せな結婚ではなかったのね？」

マージーは顔をそむけてうなずいた。

ヴィクトリンはそれだけですべてを察したようだった。「さあ、そこに座って。もっとお話をしましょうよ。わたしは狭心症なの。だから、あまり歩きまわれなくてね」彼女は眉を寄せた。「キャノンったら、わたしが死なないようにスパイを雇って見張っているのよ」

「彼がなんですって？」

ヴィクトリンはマージーの隣に腰を下ろした。

「彼はわたしを監視しているの。わたしが何かするたびに、キャノンとやぶ医者ががみがみ小言を言うんだから」

「つまり、あなたにとっても彼が厄介の種というわけですね。一緒に暮らすのはたいへんでしょうね」

ヴィクトリンは笑い声をあげた。この娘といれば退屈しないだろうと思いながら。そして、なぜかキャノンもいずれ同じことを思うような気がしてならなかった。

それから毎日はゆっくりと過ぎていった。キャノンは仕事の会合に出かけることが多かった。ジャンとマージーはすっかりくつろぎ、浜辺を散歩したり、ヴィクトリンとおしゃべりしたり、フランス人のシェフが作る料理に舌鼓を打ったりした。それはマージーが長いこと望んでいた理想の休暇だった。小説の執筆にも取りかかり、みんながまだ寝静まっている早朝に仕事を進めた。

それでもキャノンが家にいるときは、その目が向けられているのには気づいていた。ネコが獲物を狙うような目で見ているのだ。彼の視線を感じるたびに、マージーはそわそわと落ち着かない気持ちになった。

「あなたはわたしのほくろでも探しているの？」別荘に滞在して三日目、夕食の前にふたりだけになったとき、マージーはとうとうキャノンを問いつめた。

「なんだって？」キャノンは聞き返した。彼はお気に入りの肘掛け椅子に深々と座っていた。

「あいにくだけど、見えるところにはないわよ」

「きみは興味深い人だな」彼はそう言いながら、肩ひものついた白いドレスを着た彼女の体を露骨に見まわした。

マージーはなぜか体をなでられたような気がしてきた。わたしも同じような気持ちにさせる視線を返せればいいのに。マージーはとっさにそう思った。でも、そんな大胆なことができるはずがない。胸もとをはだけた青いシャツを着て、白いスラックスをはいたキャノンは、映画俳優のようだった。

「明日の夕食に仕事の取引相手を招待した」彼は唐突に言いだすと、煙草《たばこ》に火をつけた。「シャンデリアにぶら下がったり、背中が丸出しのドレスを着ないでくれたりしたら、たいへんありがたいんだが」

「背中が丸出しのドレスなんて持ってないわ」

キャノンは口の端を上げた。「ミセス・ジェームズにショックを与えないためかい？」そう言うと、腰で波打つ彼女の髪に目を向けた。「きみは今のように髪を下ろしているほうが似合う。そのほうがセクシーだ」

マージーは顔が赤くなったが、その場で飛びあがりたい衝動はどうにかこらえた。「そろそろダイニングルームに行かない？」

彼は立ちあがると、ジャングルキャットのようにしなやかな足取りで彼女の傍らまですばやく歩いていった。「きみはぼくを怖がっているね。どうしてだ？」

マージーは肩をすくめたが、それでも一歩あとずさった。「怖がってなんかいないわ。警戒しているだけよ。あなたといると、どこかに閉じこめられたような気になるの」

「それは」長身のキャノンは鼻先から彼女を見下ろした。「興味深い反応だな」

マージーは彼をにらみつけた。「今晩、どこかで仕事の打ち合わせがあるんだと思っていたけれど」

「ぼくを追いはらおうとしているのかい？　仕事の

打ち合わせはある。けれども夕食のあとだ」

「あなたは仕事しかしていないんじゃないの」

「ぼくにとって仕事は万能薬だからな」

「あなたには薬が必要なの？」

　彼はマージーの目をのぞきこんだ。「きみこそどうなんだ？　新聞の記事を書くだけなのに、ずいぶん長い時間タイプライターを打っているじゃないか。それで埋め合わせしているのか？」

「どういうこと？」

「恋人がいない埋め合わせに、そんなに一生懸命働いているのかと思ったよ」彼は冷ややかな声で言った。そしてマージーが驚いて目を見張ると、小ばかにするようににやりと笑った。

4

　マージーはキャノンの目を見上げてそっけなく言った。「わたしは恋人なんかいらないわ」

「いや、恋人を作ったほうがいい。きみはもう何年も誰からもさわられていないんだろう」キャノンはそう言うと、すっと手を伸ばして彼女の頬を指先でなぞった。

　マージーはとっさに体を引き、目を見開いた。

「やめてちょうだい！」

「きみはさわられるのが嫌いなんだろう」キャノンは目を鋭く細めた。「ということは、ぼくの考えが正しいということだ。最後に男にキスされたのはいつだ？　挨拶のキスではなく、情熱のこもったキスをされたのは?」

マージーの喉は締めつけられた。「セックスがすべてではないのよ、ミスター・ヴァン・ダイン」

「尼僧のようなことを言うんだな」

「男の人はセックスのことばかり考えていて、女性が何を求めているかなんてどうでもいいんでしょう?」

「女性が何を求めているのか、きみにはわかるのかい?」キャノンは彼女の体をじろじろ見まわした。「教えてくれ、ミセス・シルバー。きみの夫は本当に飛行機事故で亡くなったのか? きみのベッドの中で凍死したんじゃないのか?」

マージーはとっさに手を振りあげていた。衝動に駆られた行動だった。

だが、キャノンはすばやく彼女の手をがっしりつかんだ。「ぼくに再び手を上げたら、きみを床に押し倒し、きみの知らない情熱を無理やり教えこんでやるぞ」

「あなたが情熱の何を知っているっていうのよ。機械のように働く仕事人間のくせに」

キャノンは口もとをゆがめると、片手を彼女の背中にまわし、引きしまった胸に軽々と引き寄せた。

マージーは目に恐怖を浮かべて彼を見上げ、さらに激しく抵抗した。「あなたなんか地獄に堕《お》ちればいいのよ」

「ようやく、仮面の下の本当のきみが出てきたな」

マージーは彼の胸を押しやろうとしたが、その拍子に手がシャツの中に入り、胸毛におおわれた彼の素肌に触れた。そのとたん、はっとして凍りついた。ラリーにはできるだけさわらないようにしていた。だから男の人の胸がこんなにもさわり心地がよかったなんて知らなかった。だがすぐに彼女はそう思ったことが怖くなり、彼女は火傷《やけど》したように手をぱっと引っこめた。

キャノンはつややかなマージーの髪に手をすべらすと、たくましい胸にさらに引き寄せた。そして、ふっくら開いた彼女の唇に目を落とした。彼の口もとには、もはや笑みは浮かんでいなかった。

「手を離して、キャノン」マージーは声を震わせながら懇願するように言った。

「ぼくたちは戦い、そしてきみは負けた。敗者は勝者の言うことをなんでも聞くものじゃないのか」キャノンはそう言うと、顔を近づけてきた。

彼はわたしにキスしようとしている。マージーはパニックに襲われた。キャノンが怖かった。自由を奪われて屈服してしまうのが怖かった。

「やめて、やめてちょうだい！」彼女は青ざめ、声をかぎりに叫んだ。キャノンの顔にラリーの顔が重なっていた。性欲を無理やり満たそうとするラリーの醜くゆがんだ顔に。

しかし次の瞬間、彼女はキャノンに抱きかかえられていた。そしてソファの上に横たえられると、彼が困惑したように顔をのぞきこんできた。

「ブランデーを飲むかい？」

マージーは首を横に振り、呼吸を繰り返しながら目を閉じた。キャノンがここからいなくなればいいのにと思いながら。

「いったいどうしてなんだ？　ぼくが近づくたびに、きみは逃げ出そうとする。まるでぼくに服を引きはがされて、レイプされると思っているかのように。そうなのか？」

マージーは彼の顔を見ることができなかった。

「わたしは無理やり抱きしめられたり、さわられたりするのが我慢ならないのよ」

「そうらしいな」

「わかっているのなら、どうしてそんなことをするの？」

「きみがぼくのプライドを傷つけるからだ。ぼくは機械のように働いているわけじゃない。ちゃんと人間らしい感情だってあるんだ」

マージーは体を起こしてソファに座り、ため息をついた。「わたしが突っかかるような態度をとるのは、あなたのせいじゃないわ」

「だったら、誰のせいなんだ？」

「門をこじあけようとするのはやめてちょうだい。わたしだって、あなたのことを詮索しないでしょう」

「ああ、たしかにそうだ。だからこそ腹が立つんだ」キャノンがそう言ったとき、アンディとジャンが部屋に入ってきた。張りつめた部屋の雰囲気にはまったく気づいていなかった。

「助かったわ！」マージーはキャノンをいらだたせるためにそう言った。

「今のうちだけだ」キャノンはきっぱりと告げた。

その晩遅く、マージーが自分の部屋に戻ろうとしたとき、キャノンが仕事の会合から帰ってきた。彼は居間に入ってくるなりまっすぐバーコーナーに向かい、ブランデーを注《つ》いだ。彼女のほうをちらりとも見ようとはしなかった。シャツの裾がスラックスから出て、肩に白いジャケットを無造作にかけている。そのジャケットを椅子の上に放り投げると、キャノンは酒をいっきにあおった。黒い髪は乱れ、顔に疲れがにじみ出ていた。

マージーは足音を忍ばせて部屋から出ていこうとした。話をせずに逃げ出したかったのだ。だがキャノンがドアの前に立ちはだかった。口もとに皮肉っぽい笑みが浮かんでいる。マージーはしかたなくソファに座った。

「どうしてぼくを見ると、背中を向けて逃げ出したくなるんだ？」キャノンはそう言うと、彼女の隣に腰を下ろして長い脚を組んだ。

「あなたがそばに来るのがいやなのよ」

「この争いは、そもそもきみがはじめたんだろう。なにしろ、きみはぼくをたたこうとしたんだから。それは覚えているだろう?」

「だったら、あなたはわたしになんと言ったのか覚えているの?」

「覚えてないね。どうせたいしたことじゃないから」彼はそこでため息をついた。「いいかい、ぼくは疲れているんだ。だんだんわかってきたことがある。会社の重役っていうのは社長のぼくを苦しめるためにいるんだ。責任をぼくひとりに押しつけるためにね」

「重役と会ってきたの?」マージーは手を自分の膝の上に置いた。もう逃げ出すつもりはなかった。

キャノンは疲れたように口をゆがめた。「まあね」

マージーは煙草《たばこ》を持つキャノンの手を見つめた。大きくて形のいい男らしい手だった。それからふと、はだけたシャツからのぞく彼の胸もとを見やった。するとと先ほどそこに触れたときのことを思い出し、震えが体を駆け抜けた。胸毛でざらざらしていたが、それでも不思議と手にしっくりなじんだ。けれどもすぐにそんなふうに思ったことを恥じて、マージーは視線を再び彼の手に戻した。頬が熱くなっている。

「ぼくの手がどうかしたのか?　気になるなら、ポケットに入れるけれど」

マージーは咳払《せきばら》いした。「ちょっと考え事をしていただけよ」

彼は煙草を灰皿の中でもみ消しながら言った。

「きみは酒を飲まないんだろう?　レストランでもひと口も飲んでいなかったし、ここに来てからも食事のときに出されるワインに手をつけていない」

マージーは顔を上げて目を合わせた。「お酒が好きじゃないの。それなのに最初に会った日、あなたはわたしが飲みもしないお酒を注文し、その勘定を押しつけて帰ったのよ」

キャノンは愉快そうに笑った。「いつかその埋め合わせはするよ」そう言うと、ソファの背もたれに手を伸ばし、彼女をじっと見つめた。

シャツの胸もとがますますはだけ、マージーはあわてて目をそむけた。

「どうして酒を飲まないんだ？」

「鼻につんとくるから」

「本当かな？　酒にいやな思い出でもあるんじゃないのか？」

マージーはアルコール依存症だった父を思い出した。顔が青ざめるのがわかり、唐突に話題を変えた。

「あなたのお母さんのこと、大好きになったわ。気さくでやさしいけれど、とても芯の強い人ね」

「強くなければならなかったんだ。ぼくの父は元陸軍の大佐で、ふたつの大戦を戦った。戦争が終わってからはすることがなくなり、人を厳しく訓練することを楽しむようになった」

「とくに、あなたを？」

彼は片方の眉を上げた。「ああ、そのとおりだ。きみはなかなか鋭いね。そう、とくにぼくをね。ぼくも子どものころは父の期待に応えようとしてがんばったんだが、働きだしてからは対立するようになり、毎日が父との戦いだった」

「アンディもなの？」

キャノンは肩をすくめた。「アンディは誰とも戦わなかったさ。もちろん、ぼくともね」

「それって、わたしに警告しているつもり？」

「そう思ってくれてかまわない」彼は再び煙草を取り出すと火をつけた。「アンディは意志が弱い。狼《おおかみ》を寄せつけないようにするためには、洗練された賢い女性が傍らにいなくてはならないんだ」

「つまり、アンディは意志薄弱だから、生まれつき獰猛《どうもう》な女性が必要だと言いたいわけね」マージーはぴしゃりと言い返した。「それは事実ではないし、侮辱してるのも同然だわ。アンディはやさしいけれど、弱虫ではないわ。あなたにもそのうちわかるわよ」

キャノンは尊大に眉をつりあげた。「ぼくよりも、きみのほうが弟のことをよくわかっていると言いたいのか？」

「一緒に住んでいるからといって、弟のことをよくわかっていると思うべきじゃないわ。他人のことはわからないものなのよ。たとえ兄弟や親であっても」

「だったら、きみはぼくの知らないアンディの何を知っているんだ？」

「新聞に記事を書くようになってから、人の心を読むことを学んだわ。アンディはやさしいけれど、鋼のような強さを秘めている。これまではあなたがだめと言ったら、アンディはそれに従ってきたんでしょう。でもジャンのことはちがうわ。ジャンをあきらめろと言えばいいのよ。それでどうなるのか、その目でたしかめればいいんだわ」

彼は目を鋭く細めた。「きみは本当にぼくをいらいらさせるのがうまいな」

灰皿の上の忘れられた煙草が細長い煙を立て、ふたりのあいだを漂った。

「あなたがいらいらするのは、言い返されることに慣れていないからよ、そうなんでしょう？」

「まあね」キャノンは素直に認めた。

「あなたは会社の重役連中をおどすことはできるかもしれないけれど。そうでしょう、なにしろ下着メーカーの社長さんなんだから……ちょっと！」

ふいにキャノンの手が伸びてきて彼女の首をつかみ、ぐいと抱き寄せられた。

「いいか、ぼくはくだらない冗談にはもううんざりしているんだ」

「手を離して！」マージーはそう叫び、夕方そうしたように彼の胸に手をついて押しやろうとしたけれど、無駄だった。胸の鼓動も夕方のときのように速まっていたが、それは怖いからではなかった。

キャノンの手の力が強まり、マージーの頬は彼の肩に押しつぶされた。彼の手は鋼鉄さながらだった。

「さあ、ぼくと戦ってみろ、ハニー」キャノンはそう言うと、目を合わせ、顔をゆっくりと近づけた。

「でもきみがいくら体をよじらせて抵抗しても、ぼくをますます興奮させるだけだ……」

彼女はその大胆な言葉に息をのみ、唇を開いた。キャノンはそれを見逃さなかった。

温かな唇が自分の唇に押し当てられると、マージーの全身はこわばった。キャノンのにおいの混じった高価なコロンの香りが漂ってくる。その香りを吸いこんだとたん、これまで経験したことのない衝撃が体に走った。氷のように硬直した体が焼け焦げるように熱くなったのだ。キャノンは驚くほど力強かった。片手でマージーのうなじをがっちりととらえ、舌で彼女の口の中を探っている。爪を立てて引っかいて彼を押しやることもできたが、そうしたいとは思わなかった。

マージーはつぶった目を開いた。すると彼がまっすぐ見返していた。唇を重ねたまま。

そんなことは想像もしていなかった。キスしているときに彼女を見つめていた男性はこれまで誰もいなかった。ふいに温かな気持ちがこみあげ、体の隅々にまで広がっていく。けれども、すぐにそんなふうに思う自分が怖くなった。彼女は唐突に唇を引き離すと、頭を下げて彼の手から逃れた。そのはずみで後ろに倒れこみそうになったが、ソファの肘掛けが受けとめてくれた。息が苦しく、キスされた唇はひりつき、体は震えていた。彼女は追いつめられた動物のような目でキャノンを見た。怒っていたし、怖くもあったが、興奮もしていた。

キャノンも目を鋭く細めて彼女を見つめた。彼は髪の毛もまったく乱れていなかったし、灰皿に忘れられていた煙草を取りあげて口にくわえる手つきもしっかりしていた。

「胸がむかむかしてきたわ」マージーは目を光らせ、かみつくように言った。

彼のまなざしが色濃くなったが、冷淡な表情は変わらなかった。「自業自得だよ、ハニー」

「わたしのせいじゃないわ」彼女は息を整えながら言った。「こんなひどい目にあわされるなんて」

キャノンは顔をしかめた。「きみにとってキスとはそういうことなのか？　ひどい目にあわされることなのか？」

マージーはそれにには返事をせず、がくがくした膝でどうにか立ちあがった。結婚生活でどれだけ傷ついたか、どうしてこの男性に話せるだろう？　どのみち話したところで決して理解できないにちがいない。こんな男性優越主義に凝り固まった人には！

「もう寝るわ」マージーはそう言ってから唇をなめた。すると苦い気持ちになった。そこにキャノンの味がまだ残っていたからだ。

「敵前逃亡するのかい？」キャノンはからかうように言った。

マージーはドアノブに手をかけた。怒りで目がエメラルドのように輝いている。そんな彼女はいつにも増して美しかった。「これ以上ここにいたら、あなたに何をされるかわかったものではないから」

キャノンはソファにもたれかかり、尊大なまなざしを投げかけた。「あまり期待しないでくれ。ぼくは次から次へと女性をベッドから追い出さなきゃならないんだ。きみもそれでよければ、列の後ろに並ぶんだね」

「その切符を買うつもりはないわ」

「それなら都合がいい。きみを抱きしめたとき、ぼくの腕の中にいるのは死体かと思ったほどだからね」

その言葉はマージーの胸に突き刺さった。そう、心の奥深くまで。彼女は静かにドアを開けた。

「マージー！」キャノンが唐突に彼女の名前を呼んだ。

マージーは彼に背を向けたまま足をとめたが、すぐに廊下に出て、たたきつけるようにドアを閉めた。それから駆けだし、自分の部屋に入るまで立ちどまらなかった。

5

次の日、朝食の席でマージーとキャノンはほとんど口をきかなかった。マージーは彼のほうを見ようともしなかった。あざけるような表情が彼の顔に浮かんでいるのがわかっていたからだ。唇にはキスされたときの感触がいまだに生々しく残っている。

「お客様は何時に来るの？」朝食を終え、二杯目のコーヒーを飲んでいるとき、ヴィクトリンがキャノンに尋ねた。

「六時だ」キャノンはそう返事をした。

マージーは彼の視線が向けられるのを感じた。

「ミセス・シルバー、服のことは本気で言ったんだからな。ぎょっとするような服を着て階段を下りてきたら、すぐにこの家から放り出してやる」

マージーは返事をせず、顔を伏せて皿をじっと見ていた。やがてキャノンが部屋から出ていく音が聞こえてきた。

「いったいどうしちゃったの？」ヴィクトリンが心配そうな顔で話しかけてきた。「あなたたち、けんかでもしたの？」

マージーは顔を上げ、ジャンとアンディがこの場にいないことに感謝した。「まあ、そんなようなものです。我慢のならない人だから！」

「あの子の父親もそうだったわ」ヴィクトリンは物思いに沈むようにほほ笑んだ。「でも、わたしは心から愛していたの。彼が怒りだしたとき、抱きしめてあげると落ち着くことを偶然発見したのよ」

マージーはヴィクトリンを見た。「わたしはキャノンを抱きしめるぐらいなら、銃で撃たれて死んだほうがましです」

「キャノンがあなたをいらいらさせるからなの？」

マージーは体をもぞもぞ動かした。「彼は……わたしをおどすからです」

「そうかもしれないわね。でも、あなたもあの子をおどしているのよ。キャノンがあんなに敵意をむき出しにしたことはないもの。あなたが部屋に入ってくると、あの子は毛を逆立て、あなたの姿を目で追っているわ」ヴィクトリンはそう言うと、自分の手をマージーの手に重ねた。「キャノンを怖がるのはやめなさい、マージー。威圧的なのは、社長としていつでもそうしなきゃならないからなの。ひとつ誓って言えることがあるわ。キャノンは、あなたをわざと傷つけようとしたことはないはずよ」

マージーは言い返そうとしたが、先に挑発したのは自分なのだと思い出した。なぜわたしはそんなことをしたのだろう？　キャノンを怒らせたら、この体に触れてくるとでも思ったのだろうか？　わたしは彼にそんなことをしてほしかったの？

「キャノンは孤独なのよ」

「彼は自分のことをそんなふうには言っていませんでした」マージーは目を細くした。「次から次へと女性をベッドから追い出さなきゃならないと話していました」彼女はとっさに言ってから、目の前にいるのは彼の母親だったことを思い出し、顔を赤らめた。

ヴィクトリンは口の端を上げた。「あの子はどうしてそんなことを言ったのかしら？　それは嘘《うそ》よ。デラが去ってから、というか、キャノンがデラを追い出したんだけど、真剣につき合った女性はいないはずよ。そうね、ときどきデートする女性はいるけれども。まあ、キャノンも男だから。けれども特別な感情は持ってないわ。心を決して開かないのよ」

マージーはコーヒーを見つめた。「キャノンと奥さんが……なぜ別れたのか聞いてもいいですか？」

「デラは男の人が好きなの。男なら誰でもね。そんなふうにセックスに依存する病気の名前があるらしいけれど。キャノンはプライドをずたずたにされて傷つき、もうたくさんだと思って離婚したの」ヴィクトリンはマージーをじっと見つめた。「あなたの夫はベッドの中で横暴だったんじゃないの？」そして、ため息をついてから話を続けた。「ねえ、マージー、結婚はすべてがそういうものではないわ。あなたは不幸な経験をした。でも、そのせいで人生を棒に振ってしまったら絶対にだめよ。あなたはまだ若いんだから」

マージーは大きな目を見開いてヴィクトリンを見つめた。「わたしの人生に現れた男性は、すばらしいとは言いがたい人たちばかりでした。わたしの父もそうでしたし、夫のラリーにもがっかりさせられました。すべての男性が怪物ではないことはわかっています。でも一緒に住んでいないのに、どうすればその人のことがわかるんですか。ラリーは誰よりもすばらしい人だと思ったんです。でも、その判断は正しくなかった。そんなまちがいを犯した自分を、どうすれば再び信じられるようになるんですか？」

ヴィクトリンは心配顔になった。「あなたは自分を再び信じることを学ばなきゃならないわね。でも、あなたにふさわしい人に出会ったら、自然とその人のことがわかるようになるものよ」

マージーはため息をついてからコーヒーを飲み、笑みを浮かべた。「こんな話を打ち明けた人はいませんでした。ジャンには話したけれど」

「頼られてうれしいわ。あなたのお母様にも話さなかったの？」

「ジャンが生まれたときに母は亡くなったんです。だから母のことはほとんど覚えていません。わたしたちは祖母のマクファーソンに育てられたんです。厳格な人で、愛情を注ぐよりもしつけに厳しい人でした」マージーはため息をついた。「祖母を愛していましたけれど、それでもわたしとジャンはふたりだけで助け合って生きてきたんです」

ヴィクトリンはふいに探るような目になってマージーを見た。「マクファーソンね」

マージーは不用意な舌を切ってしまいたかった。ロマンス作家だと、ヴィクトリンに気づかれてしまったのだろうか？　そう思っておそるおそる口を開いた。「どうかしましたか？」

ヴィクトリンは肩をすくめた。「いえ、どこかで聞いたことのある名前だと思ってずっと考えているんだけど。それにあなたの顔にも見覚えがあるような気がして……。まあ、誰にも瓜《うり》ふたつの顔をしている赤の他人がいるということかしら」

「そうかもしれませんね」マージーはほっとして言った。

「わたしはあなたの妹さんが好きよ」ヴィクトリン

は静かに言った。「妹さんと一緒にいるアンディが好きだから。彼女を守ろうとするアンディは強くて頼もしいわ。昔とは、おおちがい。昔はなんでもキャノンの言いなりだったのに。アンディは立派に成長したわ」

「ジャンもアンディのことを心から愛しています」マージーはきっぱりと言った。「あんなに幸せそうな顔は見たことがありません。ジャンはわたしたち夫婦と暮らしていたころ、夫のラリーに厄介者扱いされて、いつも嫌みを言われていたんです。でもわたし以外に頼る人がいないから、出ていけなかった。けれどもアンディと出会って、よく笑うようになりました。笑うことを忘れたのかと思っていたのに」

ヴィクトリンは考えこむような顔になった。「それは、あなたには当てはまらないの？　一日じゅうタイプライターの音がしているわね。歴史に残るような偉大な小説でも書こうとしているの？」

マージーは噴き出した。「まあ、そんなところです。小説を書いています」

「そうだと思ったわ！　どんな小説を書いているの？　ミステリー小説とか？」

「ええ」マージーは嘘をついた。「どうして小説を書いているとわかったんですか？」

「なんとなく、そんな気がしたの。わたしはラブシーンがたっぷり描かれたヒストリカル・ロマンス小説の大ファンなの。しょっちゅう読んでいるのよ」そう言うと、再び考えこむような顔になってマージーを見た。「あなたはそういう本を読むの？」

「いいえ、わたしには刺激が強すぎて」マージーはまた嘘をつき、心の中であやまった。

「そう」ヴィクトリンはコーヒーに目を落としたが、なぜか口もとに笑みが浮かんでいた。

「キャノンはジャンとアンディの結婚に反対しています」マージーは考えながら話を切り出したので、

ヴィクトリンがほほ笑んでいることに気づかなかった。

「知っているわ。キャノンは結婚自体に反対なのよ。アンディを守ろうとする気持ちが強いから、自分のようなあやまちを犯してほしくないのね。キャノンは結婚して傷ついたの。あなたが傷ついたようにね。でもアンディとジャンを見ていたら、きっとそのうち考え直すわよ」

マージーはため息をついた。「そうだといいんですけれど」

マージーはその晩、どうにかしてキャノンの客と顔を合わせずにすまないだろうかと考えた。キャノンにも会いたくなかった。冷静になるまで距離を置きたかったのだ。けれどもヴィクトリンがそれを許さなかった。

「部屋に隠れているつもりじゃないでしょうね」ヴィクトリンは背中を伸ばして言った。

「隠れるわけじゃありません。今晩はゆっくり寝て、明日に備えたいんです」

「だめ」ヴィクトリンはきっぱりと言ったあと、笑った。「必ずぎょっとするような服を着るのよ。わたしもそうするから。キャノンに見せびらかしてやりましょう」

マージーは思わず笑いだした。「あなたみたいな義理のお母さんがいたら、最高に幸せだわ」

「あら、わたしの義理の娘になるつもりはないんでしょう」

「アンディの相手はジャンですから」

「アンディのことを言っているんじゃないわ。それはわかっているくせに。キャノンはあなたが好きなのよ。顔じゅうにそう書いてあるもの」

マージーは目を伏せた。「もしそうだとしても、そういう関係になりたくないんです」

「キャノンだってそうだったわ。デラに傷つけられて離婚してから、束縛しない女性しか相手にしないことにしているんですもの。それってつまり、ひと晩だけホテルの部屋を借りるつき合いってことだけど」

「彼はわたしにもそういうつき合いしか望んでいません」

「本当にそう思うの？　だったら、あとでびっくりすることになるかもしれないわね。まあ、いいわ。とにかく急いで着替えて。忘れないでよ。ぎょっとするような服を着るのよ！」

けれども、ぎょっとするような服はすべてジョージアの家に置いてきてしまった。マージーは襟の高いヴィクトリア朝風のドレスを選んだ。身ごろにはレースの襞《ひだ》飾りがたっぷりあしらわれ、ふんわりと広がったスカートの裾にも襞飾りがついている。そしてレースのひもで結ぶハイヒールをはき、髪は頭のてっぺんで結い、控えめに化粧をした。その姿はエレガントそのものだった。古典的なスタイルのドレスは彼女の華奢《きゃしゃ》な体によく似合っていた。

マージーが階段を下りていくと、ヴィクトリンとジャンが待っていた。

「それがぎょっとするような服なの？」胸もとが大きく開いたプラム色のドレスを着たヴィクトリンが不満そうに言った。

「足首が見えていますから」マージーはうなずいた。

「二十世紀の初めだったら、ぎょっとするような格好でしょう？」

ヴィクトリンは笑い声をあげた。「まあ、たしかにそうだわね」

マージーはジャンに目を向けた。ジャンは淡い黄色のシルクのドレスを着ていて、それは女らしい体を美しく引き立てていた。「ティー・ローズみたいにきれいよ」

「本当にそうね」ヴィクトリンも同意した。「服を選ぶセンスがいいのね。きっとその才能がいつか役に立ってくれるわよ」

ジャンはうれしそうにほほ笑んだ。「変な格好をしてアンディを困らせたくなかったんです」

「ぼくを困らせるだって？」上品なイブニングスーツに身を包んだアンディが近づいてきた。「それもなかなか楽しそうじゃないか」

ジャンは笑いながら駆け寄った。「この格好、おかしくないかしら？」

「食べちゃいたいくらいきれいだよ」彼はそう言うと、ジャンの額にキスした。

「そういうことはベッドルームの中だけにしてくれないか」キャノンがそう言って弟をにらみつけながらやってきた。「この屋敷にいるあいだじゅう、ふたりのいちゃいちゃする姿を見るはめになりそうだな」

「気になるなら見なきゃいいのさ」アンディはいつもの穏やかな彼とはちがって憤然と言った。「言っておくが、ぼくとジャンのベッドルームは別々だ。結婚したあとは同じ部屋を使う機会はいくらでもあるだろうからね」

「ぼくの許しを得なくてもか？」

アンディは背中を伸ばしてジャンを傍らに引き寄せた。「ああ、そうだ。そうしなきゃならないんだったらそうするさ。いいかい、キャル、ぼくはもう立派な大人だ。兄さんに憧れていた高校生のころとはちがうんだ。ぼくだってジャンを養っていくらい稼げるんだよ」

「いったい何をして稼ぐつもりだ？」

「もちろん工場で働いて稼ぐさ」

「よく考えてみろ」キャノンは勝ち誇ったような顔になった。「ぼくの許しを得ないで結婚したら、おまえは一文無しになり、職探しからはじめなきゃなヴィクトリンは冷ややかに言った。「あとであなたとじっくり話がしたいわ、キャノン」

キャノンはそれでも傲慢に口をゆがめた。「母さんとアンディがいくら言っても、考え直すつもりはない。アンディは人生最大のあやまちを犯そうとしているんだからな」

「あなたは誰とデートしろとか、どのフォークを使えとか、どのテレビの番組を見ればいいとか、一生アンディに命令するつもりなの?」マージーは我慢できずに口を挟んだ。

「きみには関係のないことだ」キャノンはそっけなく言い返した。

「ジャンはわたしの妹なの。だから関係なくはないわ」マージーはキャノンをにらみつけた。「あなたみたいに傲慢で過保護な男に責められなくても、ジャンはもう充分に傷ついているんだから!」

キャノンは今にもかみつきそうな顔でマージーをにらないんだぞ」

「キャノン……」ヴィクトリンがうんざりしたように口を挟んだ。

しかしキャノンは平然と話を続けた。「信託口座にあずけてある財産があるが、おまえが三十歳になるまでそれを管理するのはぼくだ。つまり、おまえの財布のひもはぼくが握っているんだ。それに、ぼくが会社の誰をくびにしても反対できるものはいない。だからぼくに逆らうな。行き場を失うことになるぞ」

「悪いが」アンディは激しい怒りを抑えるように声を震わせた。「ぼくたちはこれから出かけてくる」

ジャンは今にも泣きそうな顔をしていた。

マージーの胸はきりきり痛んだ。キャノンなんか地獄に堕《お》ちればいいのに。そう思ってにらみつけたが、キャノンはまばたきひとつしなかった。

「お客様がこれから来るけれど、しかたないわね」

にらみ返した。ヴィクトリンがあわてて口を開こうとしたとき、ドアベルが鳴った。

「あら、お客様がいらっしゃったわ」ヴィクトリンが早口で言った。「ご挨拶に行ったほうがいいんじゃないかしら？」

キャノンはまだマージーをにらみつけていた。「あとで、きみとぼくのふたりだけで話し合おう」

「ええ、楽しみにしているわ！」マージーはわざとらしく甘ったるい声で返事をした。

キャノンはじろりとにらんでから背中を向け、足音を響かせて玄関に向かった。ヴィクトリンが安心したように息をつき、マージーの腕を取った。

玄関にはふたりの男性が立っていた。ひとりは背が高く、しかつめらしい顔をしており、もうひとりはずんぐりした体をしていて赤ら顔だった。キャノンはふたりを応接間に招き、ボブ・ロングとハリー・ニールだと紹介した。

数分後、マージーは気づくと、ボブ・ロングのすぐ横に立っていた。他の人々は政治談義に花を咲かせている。

「政治の話はお好きではないんですか、ミスター・ロング？」マージーは礼儀正しく尋ねた。

彼はいらだったように首を振った。「わたしが興味あるのは水源の保全管理の問題だ」そしてちらりとマージーを見た。「きみは知らないと思うがね」

彼の男性優位主義的な言動は少々鼻についたが、それでもマージーはほほ笑んだ。「ミスター・ロング、実はわたしも水源の保全管理に興味があるんです。わたしはアトランタ郊外の小さな町から来ました。そこでは一日に二百万ガロンの水を使いますが、それはチャタフーチ川の支流を水源にしているんです。近くの町には工場があってそこが百万ガロン、そして町自体が三百万ガロンの水を消費します」

ボブ・ロングは自分の耳を疑っているような顔に

なった。「それも同じ支流から採っているのか？」

「一部はそうです」マージーは即座に答えた。「でも昨年、干魃《かんばつ》になったときに水が足りなくなって、町は井戸を新たに三つも掘らなければならなかったんです。そしてそのことを教訓にして、今では国で一番の水道設備と下水設備を整えようと計画しています」

「わたしのところでも同じ問題が起こった」ミスター・ロングはそう言うと、具体的にどう解決するつもりなのかマージーに問いかけた。

それからふたりは水の分配に関する新たな法律について議論した。すっかり話しこんでいるときに、キャノンが割って入ってきた。

「邪魔して悪いな、ボブ」キャノンはそう言いながら、マージーをじろりと見た。「でも、そろそろ合併の条件について話し合いたいんだが」

「合併」ボブ・ロングはまばたきした。「ああ、そうか、合併の条件ね」それからマージーに向かってうなずいた。「こんなに議論を楽しんだのは久しぶりだ。よかったら、また話しませんか？」

キャノンは困惑していたが、それでもボブ・ロングをどうにかその場から連れ出した。

そのときアンディとジャンが部屋に入ってきた。アンディはすっかり戦闘準備が整ったような顔だったし、ジャンも愛する男性とともに戦いにおもむくような顔をしていた。

「あらあら」マージーはからかうように言った。「考え直したのかしら」

「まあね」アンディは苦笑いした。「逃げるのは、勝ちめがないときだけだって思い直したんだ」

「わたしも覚悟を決めたわ」ジャンもめずらしくきっぱりと言った。「キャノンはわたしのことが好きじゃないかもしれないけれど、いつかはわたしのことを受け入れなきゃならないんだから」

マージーはにっこりした。「その意気よ。わたしも、あなたたちふたりのためにできるかぎりのことをするから。そうでなきゃ、未来の義理の姉はなんのためにいるのかわからないもの」

「ありがとう。そう言ってもらうと心強いな。ところで」アンディが不思議そうに言った。「あなたと笑いながらしゃべっていたのは、本当にミスター・ロングなのかい？　彼は気むずかしくて人嫌いで有名なんだ。いつも部屋の隅に立っていて、仕事の話になるまでひとりで飲んでいるし、いざ仕事の話になっても文句ばっかり言うんだ」アンディは感心したようにマージーを見た。「キャルがロングの紡績工場を合併しようとして説得しているんだけど、ロングは首を縦に振らないんだ。何度も何度も話し合いを重ねてもね。まあ、その交渉相手はロングの部下だけど。社長のロングがキャルと会うのに同意したのは今日が初めてなんだ」

「あら、それなのに、わたしとの会話を楽しんでもらえたなんて光栄だわ」マージーはそう言ってにっこりした。

マージーは夕食の席でボブ・ロングの隣になっても驚かなかった。市の行政委員会のメンバーだったロングと話題が尽きることはなかった。彼は数時間前の仏頂面をした社長とはまったく別の人物になっていた。

「合併してもいいとはまだ言ってもらえないのかな、ボブ」キャノンは眉間にしわを寄せてマージーを見ながらロングに言った。

「ああ、そのことなら」ボブは手をひらひら振った。「好きにしてくれ。きみの会社で契約書を作って送ってくれたら、サインするよ。ミセス・シルバー、今晩はあなたにお会いできて楽しかった」ボブはそう言うと、骨張った手でマージーのほっそりした手を握った。「またお会いできる日を楽しみにしているよ」

「わたしもです、ミスター・ロング」マージーはにっこりした。「おやすみなさい」

彼はうなずき、他の人々に手を振って上機嫌で帰っていった。

「まったく」キャノンは目をぎらりとさせてマージーを見た。「ぼくはもう何カ月も会社を合併するようにロングを説得してきたんだ。でも彼はずっと反対していたし、ぼくに会うのさえ拒んでいた。それなのに、きみと二、三時間話しただけで、どうでもいいことのようにすませるなんて！」

「彼は内気なのよ」マージーはそう言った。「人とのつき合いがうまくないから、理屈っぽい言い方をしてしまうんだわ。他の人のように自然に話の輪に入りたがっているんだけど、どうすればいいのかわからないのよ」

「きみにはそのことがわかるというわけか」キャノンは皮肉っぽく言った。

「新聞記者をしていたとき、取材するさいには相手の個性を引き出すように心がけたの。それって、むずかしいことじゃないわ。その人が話したがっていることを見つけて、熱心にそれを聞けばいいんだから」

「あなたが言うと、ずいぶん簡単なことのように聞こえるわね」ヴィクトリンが言った。「でも本当は、そんなに簡単にはいかないんでしょう」

「まあ、わたしも楽しんでいますから」マージーはそう言った。「ミスター・ロングとは節水と政府の規制について話し合ったんです」

「わたしの息子も、ふたりともシカゴの環境保護問題の委員なのよ」ヴィクトリンは言った。

「ぼくはボブが水源の問題に興味があることすら知らなかった」キャノンはつぶやき、その責任がマージーにあるかのようににらみつけた。

「そろそろ部屋に戻るよ。見たいテレビ番組があるんだ」アンディはそう言うと、ジャンの手を握った。

「あまり近くに座るなよ」キャノンが口をゆがめた。

「テレビのそばにという意味だ。ほら、テレビから放射線が出てるって説があるだろう」

アンディはうんざりしたように言った。「自分の身は自分で守れるよ。それにジャンのことも守れる。心配性の兄貴はいらないから」

キャノンは険しい顔になった。「そのうち、おまえとは真剣に話をしなくてはならないようだな」

アンディはうなずいた。「ぼくもそう思う」

キャノンはマージーに顔を向けた。「ぼくはこれからドライブに行ってくる。コートを持ってついてくるんだ、マージー」

マージーは彼をにらみつけた。「いやよ」

「月明かりの下でロマンティックな気分にさせてやるから、行こう」

マージーはキャノンの顔を見てため息をついた。いつか必ず彼に立ち向かわなくてはならないのだ。それを今晩にしてしまえば、気をもみながら残りの休暇を過ごさなくてもよくなる。

「もしわたしが二時間経《た》っても戻らなかったら」マージーはわざとらしくヴィクトリンに耳打ちした。「保安官に連絡して、事件に巻きこまれたと報告してください」

ヴィクトリンは笑い声をあげた。「わかったわ。でも、わたしも全力であなたを守るから」

「あなたと出かけるなんて、わたしは頭がどうかしていたんだわ」車が走りだすと、マージーはむっつりと言った。

「だったら、どうして出かける気になったんだ？」キャノンは言い返した。

マージーは自分の膝に目を落とした。「わからないわ。さっきだったら、喜んであなたの首を絞めたのに」

「きみは妹のために全力で戦うんだろう？　ぼくも弟のために手を抜くつもりはない」

彼女は道路に立ち並ぶモーテルの後ろの浜辺を見やった。「いったいどこに行くつもり？」

キャノンは彼女をちらりと見た。「そのせりふは聞きあきたよ。きみはぼくに連れ出されるたびに、よからぬことをされるんじゃないかと疑っているんだろう？」

マージーは笑った。「そんなふうに聞こえた？　わたしは好奇心に駆られただけよ」

「心配するな」キャノンはそう言いながらカーブを曲がり、海沿いの道路に入った。「モーテルに泊まろうとは思っていない」

マージーの頬は熱くなった。「そんなこと、思ってもみなかったわ」

「そうかな」キャノンは再び彼女をちらりと見た。「きみはぼくをレイプ犯のように扱うじゃないか」

「自分は紳士ではないと言ったのは、あなたよ」マージーはそう言うと、膝の上で手を握りしめた。

「ちがう。ぼくはやさしい恋人にはなれないと言ったんだ。ぼくはベッドの中ではわがままかもしれないが、横暴なことはしない」

彼女の頬は再びかっと熱くなったが、ありがたいことにあたりは薄暗く、見られる恐れはなかった。

「何も言わないのかい？」彼はそう言いながらポケットから煙草《たばこ》を出して火をつけた。

「あなたに傷つけられた心を癒やしているのよ」

「ぼくをたたこうとしなかったら、傷つくこともなかったのにな。自分が何をしたのか考えてみろ」キャノンはぴしゃりと言った。「自慢じゃないが、この二十年間、いろいろな女性とキスしたが、そのあと胸がむかむかするなんて言われたのは初めてだ」

マージーは自分のしたことを少しばかり反省した。キャノンはプライドが高く、胸がむかむかすると言われて傷ついたのだ。本当はうっとりするようなキスだった。けれどもあのときは、どうしてもそうだとは認めたくなかったのだ。

「ごめんなさい。わたしはそんなことを言うべきではなかったわ。あれは嘘よ」

キャノンは煙草を深々と吸いこんだ。「いつもなら、ぼくは女性に失礼なことは決して言わない。そんな必要はないからだ。でも、きみはぼくを近づけまいとしているように見えるから、つい辛辣な物言いをしてしまう」

「前にも言ったけれど、あなたのせいじゃないの」

マージーはため息をつくと、身を守るように胸の前で腕を組んだ。そして消え入るような声で打ち明けた。「わたしはセックスを楽しめないの。これはどうしようもないことなのよ。だからそれを受け入れて、わたしを挑発しないで。お願いだから」

キャノンは海沿いの駐車場に車を入れた。ピクニックテーブルの向こうに白い砂浜が広がり、波がダイヤモンドのようにきらめきながら打ち寄せては砕け散っていた。彼はエンジンを切ると、マージーのほうに顔を向けた。月明かりが彼の顔に影を落としていたが、それでも目が光っているのはわかった。

「女性が不感症になるのは、男に責任がある」

マージーはスカートをじっと見つめた。「あなたはわたしに何を言わせたいの？　懺悔《ざんげ》させるつもり？　前にも言ったでしょう。わたしは自分のことを話すのが好きではないの」

「ぼくもそうだ」キャノンは煙草を吸ってから言った。「なぜきみはぼくを怖がるんだ？」

マージーはスカートを握りしめた。「あなたは体が大きいから」

「きみが求めているのは、背がきみの半分しかない男なのか。それならばその男に殴りかかれるからなんだろう」

あまりにばかばかしい冗談だったので、マージーは噴き出した。「ちがうわ。そうじゃないけれど」

キャノンは煙草を吸うと、灰皿のほうに身を乗り出して煙草をもみ消した。そのときふたりの体が近づき、彼女は男らしいコロンのにおいに包まれた。

彼がふいに顔を向けた。マージーの心臓はとたんに狂ったように激しく打ちだした。キャノンの顔がほんの数センチ先のところにあったからだ。

「ぼくがきみを抱きしめたとき」キャノンはそう言いながら探るようなまなざしを向けた。「きみは激怒して泣き叫んだ。アンディとジャンとレストランに出かけた晩のことだ、覚えているかい？」

マージーは乾いた唇をなめた。「あのときは、あなたのことをひっぱたいてやろうと思ったのよ」

「いいかい」キャノンはそう言うと、手をマージーの肩に置き、逃げる余地を与えつつもゆっくりと体を引き寄せた。それから彼女の背中に手をまわした。「ぼくがしたいのはこれだけのことだ。きみをおどしているわけでもないし、何かを要求しているわけでもない。ただきみを抱きしめたいだけだ」

体と体がぴたりと触れ合い、キャノンの胸がゆっくりと上下しているのが伝わってきた。彼は力で支配しようとしていない。わずかにでも抵抗したら、キャノンはすぐに手を離すだろう。マージーにはそれがわかった。そう思うと安心し、手を彼の肩に置いた。

「わかっただろう？」彼はささやくように言った。その声は打ち寄せる波の音のように心地よかった。「ぼくはきみを決して傷つけない」

マージーは目を閉じてキャノンに体をすっかりあずけた。そして彼のたくましい体を、彼のにおいと体温を、ドレス越しに背中に触れる力強い彼の手を感じた。すると、あらゆる感覚が研ぎ澄まされ、甘美なうずきがこみあげてきた。

マージーが思わず目を開けると、キャノンにじっと見つめられていた。そのまなざしは彼女の姿を心に焼きつけているかのようだった。

「小さな野生動物を抱いているみたいだ」キャノンは静かに言い、少しばかり乱れた彼女の髪をそっとなでた。「きみはどこもかしこもやわらかいな。肌はシルクのようになめらかだ」

マージーは手を上げ、おずおずと彼の温かな唇に触れた。それから角張った顎、頬へと手をすべらせた。そこはひげがわずかに生えていてちくちくしたが、その感触が心地よかった。結婚以来、男性に触れたいと思ったのは初めてだ。

キャノンは鼻と鼻を触れ合わせた。「キスしてくれ、マージー」彼はそう言うと、顔を寄せたが、唇が重なるほんの数センチ前でとめた。マージーをじらして甘い苦しみを与えるかのように。

マージーは彼の頬に触れていた手をとめた。「あなたからしてくれてもいいのよ」

「きみは強要されることが嫌いなんだろう、ハニー。ぼくは無理強いするつもりはない。ぼくの唇がほしければ、きみから奪ってくれ」

マージーは顔を上げ、手をキャノンのジャケットの胸に置いた。そして手のひらに彼の鼓動を感じながら、唇をそっとキャノンの唇に押し当ててみた。一回、二回と。それだけではとうてい満足できなかった。だが彼は、自分から動こうとはしなかった。

とうとう我慢できなくなり、マージーはキャノンの豊かな髪に手を差し入れると、自分の胸のふくらみが彼の胸板に触れるまできつく引き寄せ、じっと見つめながら再びキスした。さらに誘うように唇をわずかに開くと、キャノンはようやく動き、舌を差し入れてきた。そして、やわらかな彼女の口の中を巧みにまさぐった。そのあいだずっと、彼もまたマージーを見つめていた。

彼女は思わず息をとめた。これまで経験したことのない感覚が体じゅうを駆けめぐっていた。

キャノンは舌を絡ませながら言った。「あの晩はきみを驚かせてしまったんだろう？　見つめながらキスなんかしたから」

「そんなことをした経験がなかったの」マージーは息を切らしながら言った。

「ぼくもそんなことはしたことがなかった。でも、きみの顔をずっと見ていたかったんだ。今もそうだ。さあ、口をもう少し開けてくれ」

マージーは色濃くなった彼の目を見つめながら唇をさらに開いた。すると彼の舌がさらに奥深くまで入ってきた。いつしか背中にまわされたキャノンの手が腰へと下りてきて、硬く張りつめた彼の下半身に押さえつけられた。キャノンはさらに貪るように唇を重ね、彼女の欲望に火をつけて燃えあがらせた。マージーの口から知らず知らずのうちにあえぎ声がもれていた。脚は彼の脚に絡まり、体も胸のふくらみがつぶれるほど密着している。

キャノンの体に震えが走るのをマージーは感じ取った。すると突然、大きな手で胸のふくらみをまさぐられた。マージーははっとして体を引き、キャノンの手をつかんだ。

キャノンは荒々しく息を吸いこんだ。「ぼくは大人の男だ。こんなふうに体をすり寄せてきたのに、きみは何もされないと思ったのか？」

マージーは息をのみ、助手席に座り直した。それから胸の前で腕を組んだ。「ごめんなさい」震える唇でようやくそれだけ言う。

キャノンは何も言わなかった。煙草に手を伸ばして火をつけたが、その手はさっきのようにしっかりしていなかった。二、三回煙草を吸いこんでから、彼はようやく口を開いた。「きみだって、ときどきは体に触れられて愛撫《あいぶ》されたことぐらいあるだろう」皮肉めいた口調だった。

「こんなふうに触れられたことはないわ」マージーはそう言うと、おずおずと彼に目を向けた。

キャノンは目を見開いた。「嘘だろう。服の上から体をまさぐっただけなのに。これだけのことも誰にもされなかったのか？」

マージーは深々と息を吸い、彼には正直に打ち明けようと決めた。「ないわ。わたしは愛撫されるのがどういうことなのかよくわかっていないの」

「信じられない。きみは結婚していたじゃないか！」

「ええ」マージーの目に悲しみの色が宿った。「わたしは結婚許可証があれば、レイプしても法的に許されると思っていた男と結婚していたのよ」

6

キャノンは思案するように目を細め、マージーを見つめた。

マージーはいたたまれなくなって目をそむけた。素直に認めてしまったことが恥ずかしかった。このことはジャンにしか打ち明けていないのだ。「軽はずみなことをしてしまってごめんなさい。でも、これ以上は無理なの。わたしはもう誰ともベッドをともにするつもりはないわ。そうなったら、どうなるのかよくわかっているから」

キャノンは煙草《たばこ》の煙を吐き出した。「今のはぼくに責任がある。このところ合併の交渉が忙しくて女性から遠ざかっていたから、自分がどれだけ欲求不満だったのか気がつかなかった」

マージーはちらりと彼を見た。「気持ちが晴れるかどうかわからないけれど、あんなにキスしたくなったのはずいぶん久しぶりのことよ」

彼の口の端が上がった。「ぼくもだ」

彼女はほほ笑むと、しわの寄ったスカートに目を落とした。「ようやくわかったわ。女の人が列をなしてあなたに近づこうとするわけが。たくさんお金を持っているからだとあなたが思っているんだったら、それは大まちがいよ」

キャノンは手を伸ばし、スカートの上に置かれた彼女の手を握った。「結婚していたときのことを話してくれないか?」

マージーは首を振った。「まだ傷ついているのよ。希望を抱いて結婚したけど、最後には泣いていたから。ベッドをともにすることは、さぞかしすばらしいものだろうと思っていたけれど、それは幻想だったと思い知らされたわ」

キャノンはため息をついた。「だんなさんは、きみを深く傷つけたんだね」

彼女は肩をすくめた。「わたしはヴァージンだったの。だからほとんど何も知らなかった。本で読んだ知識と友だちが話していることしか知らなかったのよ。わたしがあまりに無知だったから、彼は腹を立てて、それからは悪いほうに転がる一方だったの」

キャノンは彼女の手を握りしめた。「男は初めて経験する女性には細心の注意を払い、やさしくするものだ」

「ラリーはちがったわ。でも、わたしのせいなのよ。いつもわたしのせい」そう言うと、マージーは体をぶるりと震わせた。「ねえ、ちがう話をしましょう。お願いだから」

キャノンは彼女の顎に手をかけ、目が合うように顔を向けさせた。「きみは、少しは楽しめたのかい？」

マージーは力ない笑みを浮かべた。「いいえ。最初は苦痛だった。それからあとは、ただただ不快でしかたなかったわ」

「もうひとつだけ聞きたいことがある。そうしたらもうこの話はしない。彼に触れられたとき、ぼくのときと同じように感じたかい？」

彼女は眉を上げた。「わたしがその質問に答えると思っているのなら、あなたは頭がどうかしているわ」

「答えるのが怖いんだろう」

マージーは唇をとがらせた。「あなたは自分勝手なのよ」

「自分勝手じゃない。ただ自分に自信があるだけだ」キャノンはにやりとした。「ぼくのやり方できみを喜ばせてやりたいんだ」

マージーは疑わしげに眉をつりあげた。

キャノンは笑い声をあげた。「信じていないな。いつもならもっと技巧を凝らすんだが。でもきみは今晩、ぼくを燃えあがらせた。きみがあんなふうに体をすり寄せてきただけで、ぼくはあっという間に限界を超えそうになったんだよ」

マージーは真っ赤になり、重なり合うふたりの手に視線を落とした。彼の手は日に焼けていて大きい。「あなたの手、好きよ」

キャノンは彼女の手を握りしめた。「ぼくもきみの手が好きだ」そう言うと、座席に寄りかかって煙草をふかした。

車の中に沈黙が落ちたが、マージーは不思議と心地よく、キャノンをいつもより身近に感じられた。手を彼の腕にすべらせると、キャノンは彼女のうなじに手をかけ、たくましい胸へと引き寄せた。

「帰りたくはないが」キャノンはしばらくしてから

言った。「そろそろ帰らなきゃならないな」

「あなたと一緒にいると楽しいわ」

「ぼくもきみと一緒にいると楽しい」キャノンはささやいた。「そうだ、楽しくてしかたない」

マージーは頬を彼の胸にすり寄せ、吐息をもらした。大好きな男の子と初めてデートする女の子になったような気がしていた。

キャノンは煙草をもみ消すと、車のエンジンをかけた。マージーはまっすぐ座り直そうとしたが、キャノンはそれを許さなかった。「そのままぼくに寄りかかっていてくれ。きみの体を感じていたい」

キャノンは車を走らせた。そして海辺の別荘に着くまで、壊れ物を扱うように片手でやさしく彼女の肩を抱いていた。

明かりの消えた家に着くと、キャノンは先に車から出て、彼女のためにドアを開けた。それからふたりは玄関ポーチまで手をつないで歩いていった。


「みんな寝てしまったようだな」

マージーは彼を見上げた。「ねえ、ジャンとアンディはベッドをともにしたことがあるのかしら?」

「わからないが、ふたりのために、そこまで仲が深まっていないことを願うよ。妊娠して、しかたなく結婚するようなはめにはなってほしくないからな」

「しかたないなんてどうして言うの? 子どもがほしいかもしれないでしょう」

キャノンは顎をこわばらせ、彼女をじっと見た。

「結婚していたとき、きみは子どもがほしかったのかい?」

マージーは沈んだ顔でうなずいた。「何よりも望んでいたわ。でも彼がほしがらなかったの」

「今となっては、いなくてよかったんじゃないか」

キャノンがそう言うと、マージーはうなずいた。

「あなたは?」

キャノンは仮面をはずしたように無防備な顔になり、

った。その顔がマージーにはなんとも孤独に見えた。

「あなたの奥さんは子どもをほしがらなかったの?」

キャノンは苦い声で笑った。「子どもを産んだら体型が変わると思っていて、それだけの犠牲を払う価値はないと判断したのさ」

「ああ、キャル、あなたもつらい思いをしたのね」

キャノンはマージーをじっと見た。そしてふいに手をつかんで暗がりに連れていき、彼女をそっと抱きしめた。

「怖かったら言ってくれ」彼は荒々しく息をしながら言うと、顔をマージーに寄せ、舌で彼女の唇の輪郭をなぞった。

マージーもたまらなくなり、手をおずおずとキャノンのジャケットの中にすべらせ、薄いシルクのシャツ越しに彼の体温を感じた。全身が燃えるように熱くなり、このまま溶けてしまいそうだった。

キャノンは彼女を守るように、さらにきつく抱きしめた。マージーもそれに応え、舌で彼の唇に触れてから、湿った口の中をそっと探った。これまで経験したことのない純粋な欲望に駆り立てられていた。

キャノンは体を引いて息を切らした。「そんなことはしないでくれ」

「だって、あなたの味が好きなんだもの」そう言うと、マージーは笑みを浮かべて彼を見上げた。「煙草の味がするわ」

キャノンの口の端がふいに笑みでゆがんだ。「きみは蜂蜜の味がする。甘くなめらかで、誘われている気持ちになるよ。こんな夜更けにはその魅力に抵抗するのはむずかしい。きみがこの腕に抱かれて、ぼくのベッドで寝たいと言うのなら……」

マージーの体に震えが走った。キャノンのベッドにいる自分の姿を思い描いたからだ。胸毛でおおわれた、たくましい体に組み敷かれている自分の姿を。

手は誘いかけるように彼の背中にまわされ……。

「頬が赤くなっているぞ」キャノンがからかうように言った。

マージーは顔をうつむけて体を離した。初めて感じる自分の気持ちにどう対処すればいいのかわからない。「今晩はもう寝るわ、ミスター・ヴァン・ダイン。取り返しのつかないことをしてしまう前に」

「一分前までぼくのことをキャルと呼んでいたのに」キャノンはそう言いながら玄関のドアを開けた。

彼女は家の中に入ると、笑いながら言った。「あなたは、わたしを絶滅危惧種になったような気にさせるわ。これほど経験のない女はめずらしいでしょうから」

「ぼくはきみにまだ何もしていないも同然だ。そうだ、明日の朝、一緒に泳がないか」

マージーはためらった。「明日の朝は、どんな魚が釣れるのかを見に埠頭《ふとう》へ行こうと思ってたの」

「釣りが好きなのかい？」

マージーはきまり悪そうな顔になった。「釣りが好きな女もいるのよ」

「責めているわけじゃない。ぼくも釣りが好きだ。でも海に出て大物を釣りあげるほうが好きだ」

マージーは目を輝かせた。「まあ！」

「船を用意するから、マカジキを釣りに行こう。どうだい？」

「あなたは釣りをすればいいわ。わたしはそれを応援してあげる」

「埠頭から釣りがしたいのなら――」

「いいえ」マージーは即座に言った。「わたしは海に出て釣りをしたことがないの。お願い、連れていって」

キャノンは笑みを浮かべた。「わかったよ。でも早起きしなきゃならないぞ」

「四時で大丈夫かしら？」彼女は勢いこんで尋ねた。

キャノンは指先でマージーの頬にそっと触れた。

「四時で大丈夫だ」

マージーは笑みを浮かべ、後ろ髪を引かれる思いでキャノンから離れ、階段のほうに歩いていった。

「マージー?」

呼びとめられて、マージーは階段の手すりに手をかけながら振り返った。

「明日の朝は髪を下ろしてきてくれ」

マージーははにかみながらうなずいた。それからのろのろと階段を上がっていった。本当は彼のそばから離れたくなかった。キャノンも彼女の姿が見えなくなるまでずっとその場に立ちつくしていた。

だいぶ遅い時間に寝たのに、それでもマージーは三時半に目を覚ました。それから時計の針を無理やり進めることができればいいのにと思いながら、部屋の中を落ち着きなく歩きまわった。キャノンに一刻も早く会いたかった。

ふいにドアをノックする音が聞こえてきたので、マージーは飛びあがらんばかりに驚いた。すぐに駆け寄って開けると、キャノンが立っていた。肩にジャケットをかけ、赤いセーターにジーンズ姿だったが、それは彼の日焼けした肌をいっそうたくましく見せていた。

「用意はできたかい?」彼はマージーのほっそりした体に目を走らせた。ジーンズに淡いグリーンのニットのシャツを着て、袖を肘までめくっている。

「ええ、できているわ。あなたもちゃんと目が覚めたのね」

「実は眠れなかったんだ。一睡もできなかった」

「わたしもあまりよく眠れなかったの」

キャノンは彼女の髪に手を差し入れて顔を上げさせると、唇をそっと重ねた。それだけで干し草に火をつけたように体が熱く燃えあがり、マージーは彼の腕が白くなるほどぎゅっとつかんだ。

「ああ……」彼はうなるように言うと、部屋の中に入ってドアを閉めた。それから唇を重ねたまま彼女を抱きあげ、ベッドに連れていった。

「だめよ」マージーはさっき整えたばかりのベッドカバーに横たわりながら弱々しい声で抗議した。

「きみを今、奪うつもりはない」キャノンは彼女にのしかかり、唇に息を吹きかけた。「ただ、きみを少しばかり愛したいんだ。きみに触れてぼくの全身できみを感じたい」

キャノンはそう言うと、再び唇を重ねた。マージーの体が震えだすと、彼は笑みを浮かべた。

「すばらしい」キャノンは唇を合わせたまま言った。「きみの反応がういういしくて、まるでヴァージンと愛し合っているみたいだ。ぼくがまだ怖いかい、マージー?」

「前よりもずっと怖くなったわ」彼女はあえぎながら言った。キャノンがほしかった。こんなに狂おしいほど誰かを求めたことはない。

「きみが望むならいつでもやめるから」彼は唇をわずかに離して言った。「ぼくにキスしてくれ。今度はぼくを信頼して、ちゃんとキスしてくれ」

マージーはその言葉に従い、唇でキャノンの唇を味わった。彼が喜ぶことならなんでもしてあげたかった。彼女は何度もキスを繰り返しながら、脚を絡ませてキャノンにしがみついた。

「愛し合うと」キャノンは唇を震わせて息を吸い、彼女の目を見つめた。「こんな気持ちになるんだ。きみは知らなかったんだろう?」

「ええ」マージーはささやいた。体じゅうに甘美な震えが走っていた。「知らなかったわ、キャル」

キャノンは息を吸い、愛《いと》しそうに彼女の髪をなでた。「知りたいことがあったら、なんでもぼくに聞いてくれ」

「わたしをからかわないって約束するなら」

彼はマージーのブルネットの髪を指に巻きつけた。

「からかったりしないよ」

「ベッドに女性を入れたら、男性は先を急ぐものなの?」

「そういう男もいる」キャルは探るように彼女の目を見た。「でも、それは自分勝手な男だ。自分の快楽しか考えていない」

マージーは彼のたくましい胸に手を置いた。そして口を開きかけたが、ためらった。

「ぼくはそうじゃない」キャルは彼女のためらいを感じて先に言った。「ぼくは女性から喜びを与えられたら、同じだけ喜びを女性にも与える。そうでなければ何も得られない。きみが知りたかったのは、そういうことだろう」

マージーは頬が熱くなるのがわかったが、顔をうつむけなかった。「本当にわたしも喜びを得られると思う?」

キャノンは張りつめた顔になって彼女の頬にそっと触れた。「かわいそうに。そんなに深く傷ついているなんて。きみはだんなさんにずいぶんつらい思いをさせられたんだね」

マージーは視線を落とした。「わたしがもっと努力すればよかったのかもしれない……」

「それはちがう。もう過去を振り返るのはやめるんだ。きみはもう充分苦しんだ」キャノンはそう言うと、彼女の髪をそっと引っぱって目を合わせた。

「いいかい、かわいい人。このまま服を脱ぐか、それとも釣りに行くのか決めてくれないか? もう気づいているかもしれないが、ぼくの体はすでに抑えようもないほどきみに反応しているんだ。これ以上こうしていたら手遅れになる」

マージーは笑い声をあげた。大切にされていると心から思え、体に温かな気持ちが広がっていた。自分が女性であることが何よりもうれしかった。

キャノンも笑みを浮かべ、彼女の開いた唇にキスしたあとでベッドから立ちあがった。それからマージーの手をつかみ、引っぱって立たせた。

「自分が罪なことをしていると思わないか？」キャノンはからかうように言いながら、彼女の腰に手をまわして引き寄せた。「男を部屋に引き入れ、ベッドの上に押し倒し、男がその気になったら放り出すなんて」

「哀れな男だこと」マージーは彼の首に手をまわしてほほ笑んだ。だが張りつめたまなざしで見返されると、笑みは消えた。「あなたといると、魔法にかけられたみたいになるの」考えるより先にそう言っていた。まさにそんな気持ちがしていたのだ。

キャノンは彼女をじっと見つめた。「無理やりきみをどうにかするつもりはない」

「わかってるわ」マージーはそう言うと、爪先立ちになって彼の唇にキスした。「だったら、わたしたちは友だちってことね」

「今は友だちでいいさ。それできみがぼくの腕の中で硬直しないでいてくれるなら」キャノンはいたずらっぽい笑みを浮かべた。「でもいずれ、ぼくがきみには友情とはほど遠い気持ちを抱いていることがわかるだろう」

マージーはつんと顎を上げた。「そんなことを言われても、もう怖がったりしないから」勇ましく言ったものの、腰が引けていた。

するとキャノンは愉快そうに笑いだした。

それから彼は床に落ちたジャケットを拾いあげると、彼女の腰に手をまわしたまま廊下に出た。


その日はこのうえなく楽しい一日になった。キャノンは釣り船を借り切り、マカジキを釣りあげようと格闘した。マージーはすぐ横に立って彼の勇姿を見守った。ついにマカジキが餌に食いつき、跳ねながら釣り糸をぐいぐい引っぱると、キャノンは逃すまいとして釣り竿《ざお》を握りしめ、その場に踏んばった。そんな彼に船長や船員までもが興奮した顔で声援を送った。

彼は戦いに闘志を燃やすように目を輝かせ、ずっと笑っていた。きっと大企業の社長として、こんなふうに重役やライバル会社とやり合っているのだろう。マージーはそう思い、彼の姿を見つめていた。

ようやく巨大なマカジキを釣りあげ、船の中に投げ入れたときには、キャノンの脚は踏んばっていたせいでがくがく震えていた。

マージーは飛びあがり、野球場で声援を送るようにはしゃいだ声をあげた。だが釣りあげられた魚を見ると、だんだんかわいそうになってきた。魚は全力で戦い、負けたのだ。それなのに見せびらかすために殺してしまうのは、あまりに残酷に思えた。

「そんな悲しそうな顔をするな」キャノンは笑いながら言うと、マージーを傍らに引き寄せながら、船員に釣った魚を逃がすように指示した。

マージーは自分の耳が信じられなかった。けれども本当にマカジキは再び海に放たれた。

「なかなか手ごわい相手でしたね」船長がキャノンに声をかけた。

自由の身になったマカジキは水面の上に何度か飛びあがってから、すいすい泳いで遠ざかっていった。

「互角の勝負だったよ」キャノンは同意した。「でも逃がしてよかった。あいつはこの船にいるよりも、海で泳いでいるほうが生き生きとしているからね」

船長はうなずいた。「そのとおりです。結局のところ、これはトロフィーを賭けた勝負ではなく、スポーツですからね」そう言うと、船長は自分の仕事に戻っていった。

「あなたって、すばらしい人なのね」マージーは心からそう思っていた。

キャノンは肩をすくめた。「生き物にはかぎりがあるから、スポーツのために無慈悲に殺せないさ。それにぼくにトロフィーは必要ない」

マージーは爪先立ちになり、彼にそっとキスした。

「今のキスはなんだったのかな？」キャノンがからかうようにきいた。

マージーははにかんで顔を伏せた。だがそのとき、船が急に港のほうに向きを変えたので、よろめいて彼の胸の中に倒れこんだ。

「なあ」キャノンは彼女をまっすぐ立たせてから顎に手をかけ、顔を上げさせた。「こんな気持ちにさせてくれた女性は、きみが初めてだ」

「わたしはあなたをどんな気持ちにさせているの？」

キャノンは指で彼女の唇にそっと触れ、息を深々と吸った。「世界を征服できるような気持ちになれるんだ。きみがいてくれて、ぼくはようやく一人前の男になれたようにも感じている」

マージーもまったく同じ気持ちがしていた。けれども、それを素直に認めることはまだできなかった。彼女は目を伏せ、彼の肩に顔を埋《うず》めた。

「ああ、人前でそういうことはやめてくれ。我慢できなくなるから」

「そういうことって？」

「そんなふうにぼくにさわらないでくれ」彼はそう言うと、マージーの手をつかんだ。気づかないうちに彼女の手は彼のシャツの中に入りこみ、鎖骨の下をなでていたのだ。

「まあ」マージーは自分のしていたことに驚き、息をのんだ。手が勝手に動いていた。

キャノンは荒く息をしながら彼女を見下ろした。

「家に帰ったら泳ぎに行こう。そうしたら、好きなだけぼくにさわっていい」

マージーは彼の胸に頬を押しつけて顔を隠した。とまどってもいたが、これまで感じたことのない喜びに体が震えていた。

「怖がらないでくれ」キャノンは彼女を抱きしめた。「自然のままにするんだよ、マージー。そうすればうまくいく」

マージーはぼうっとして目を閉じた。まるで雪崩に巻きこまれたかのようだった。自分を救える方法が見つからない。けれども本当に救ってほしいのかわからなかった。

海辺の別荘に戻ると、キャノンはマージーの手を名残惜しそうに放し、それから居間に入っていった。そこではジャンとアンディとヴィクトリンの三人が楽しそうに話していた。マージーは自分ががっかりしているのに気づいた。キャノンとふたりきりになりたいと心のどこかで願っていたのだ。

「あなたたち、どこに行ってたの？」ヴィクトリンが目を輝かせて尋ねた。

「海に出て釣りをしてきたんだ」キャノンはそう言うと、煙草に火をつけた。

「何か釣れたかい？」アンディが聞いた。

キャノンは笑いながら答えた。「マカジキを釣ったよ。でもまだ子どもだったので海に戻した」

「それでも五十キロ以上はありそうだったわ」マージーはそう言って笑みを浮かべた。

「あなたが理解できないわ」ヴィクトリンがため息をついた。「なぜ海に戻すのに、つかまえようとするの？」

「挑戦することに意義があるからだよ」アンディが兄に代わって答えた。「山登りやカーレースと同じなんだ。むずかしいことに挑戦したくなるのさ」

「マス釣りは楽しいわ」ジャンはそう言うと、おずおずとキャノンを見た。「マージーとわたしと父の三人で毎年マス釣りのシーズンに山へ登り、チャタフーチ川の浅瀬で釣ったんです」

キャノンは興味を引かれたようにジャンに顔を向けた。「たくさん釣れたのかい？」

「けっこうたくさん釣れました。でもわたしは川には戻しませんでした。こんがり焼いたマスが大好きなので」

キャノンは笑い声をあげた。「ぼくもだ。でもマカジキはぼくの口には合わなくてね」

「これからの予定は？」ヴィクトリンが尋ねた。

キャノンはマージーをちらりと見た。「泳ぎに行こうと思ってる」

「それはいい。ぼくたちも行くよ」アンディはそう言い、ジャンの腰に手をまわした。「さあ、部屋まで送るから着替えておいで。マージーも行こう」

マージーは落胆したことが顔に出ないように祈った。本当はキャノンとふたりだけで出かけたかった。うれしいことに、キャノンもまた面白くなさそうな顔をしていた。

ジャンとともに浜辺に出ていったとき、マージーは駆けだしそうになった。キャノンがそこで待っていたからだ。彼はどんな服を着ていてもセクシーだが、白い水着姿はこのうえなく魅力的で、見ているだけで息がとまりそうだった。

すっかりキャノンに見とれていたので、あとから着たアンディとジャンが海に泳ぎに行ったことにも気づかなかった。そう、キャノンに目が釘《くぎ》付けになっていたのだ。彼は絵画の中のギリシアの神々のように全身がブロンズ色だった。胸をおおう黒い毛は細い線となって水着の中に続いている。たくましい脚にも黒いうぶ毛が生えていた。水着になった彼は誰よりも男らしく見えた。あの体に触れたい。そう思っただけで、マージーの手はひりついた。

見つめられていることに気づいたように、キャノンは振り返ってマージーを見つけると、顔をほころばせた。そこにはあざけるような表情も、見下すような表情も消えてなくなっていた。その代わりに、今までとはまったくちがった表情が浮かんでいた。

胸もとが深く開いたマージーの黒と白のワンピースの水着を大胆に見まわしながら、キャノンは彼女に向かって歩いていった。そして煙草をもみ消すと、マージーの腰に手をまわした。「きみとふたりだけになりたい」

マージーはどうにか冗談を返した。「わたしたちが二十五セント玉をあげたら、ジャンとアンディはどこかに行ってくれると思う？」

キャノンは愉快そうに笑った。「試してみようか」

目が合うと、マージーの全身がかっと熱くなった。彼が近くにいるだけで、いつもそうなってしまう。彼女はぽつりと言った。「短いあいだにあまりにもいろいろなことが起こるから、どうすればいいのか……」

「わかってるよ。きみをせき立てるつもりはない」キャノンはそう言うと、ふいに彼女を抱きあげて海のほうに歩いていった。「泳げるんだろうね」

「魚のようにすいすい泳げるわよ、ミスター・ヴァン・ダイン」マージーは笑いながら言うと、手を彼の首にまわした。

彼は片方の眉を上げた。「裸で泳ぐのかい？」

頬が熱くなるのを感じながら、マージーは言った。「それはまだ試したことがないわ」

キャノンは彼女を見つめながらハスキーな声で言った。「やってみたいかい？　ぼくとふたりだけのときに」

マージーの喉は詰まりそうになった。それでも絡めとられたように彼から目が離せない。気づくと、いつの間にか胸の上まで水に浸《つ》かっていた。彼女は落とされまいとしてキャノンにしがみついた。

「きみを溺れさせたりしないよ」キャノンは笑いながら言った。「だから体から力を抜いて。水だってそんなに冷たくないだろう」

「冷たいわよ！」マージーも笑いながら言い返した。

「だったら、ぼくがきみを温めてあげよう」キャノンはそう言うと、彼女を下ろして立たせ、それからぎゅっと抱きしめ、脚と脚を絡ませた。

「このままだと沈んじゃうわ」

「それもいいな」キャノンはそう言うと、アンディとジャンをちらりと見た。ふたりは少し離れたところで腰まで水に浸かって遊んでいた。「水の中だったら、キスしてもあのふたりに見られないからね」

マージーの唇が開き、胸の鼓動が速くなった。ふいにキャノンとキスしたくてたまらなくなった。

「さあ、おいで」キャノンは彼女の髪をそっと引っぱって顔を向けさせた。「ダーリン、息をとめて」

そう言うと、彼は唇を重ねた。

ふたりはキスしたまま水の中にもぐった。キャノンは彼女のお尻に手をまわすと、自分の腰にぐいと引き寄せた。マージーは胸毛の生えた彼の胸をまさぐり、手のひらに感じる彼の体の感触にうっとりした。息が苦しくなったが、そんなことはどうでもよかった。たとえこのまま溺れても、こうして彼を抱きしめていたい。

ふたりはやがて同時に水面の上に顔を出し、息を荒々しく吸いこんだ。酸素不足とつのる欲望に息がとまりそうだ。それからキャノンは彼女の手をしっかり握ると、浜辺に戻っていった。

「水の中で愛し合うのは危険だな」彼はそう言いながら海から出ると砂浜に横たわり、マージーを隣に座らせた。「あのままだったら、ふたりとも溺れていたかもしれない」

「今のは、とても……」マージーは思っていることを言葉にしようとしたが、うまくいかなかった。

「きみがほしい」キャノンは自分のものだと言わんばかりに大胆にマージーの体を眺めまわした。「狂おしいほどどきみがほしくて、きみに触れることさえできない」

キャノンはそう言って彼女の手をつかむと、それを自分の胸に押しつけた。指先から激しく打つ彼の鼓動が伝わってくる。

「きみの水着を引きはがし、頭のてっぺんから爪先までキスして、きみを味わいつくしたい」彼は顔を寄せ、低い声でささやいた。「それからきみの体をぼくの下に組み敷き、ぼくがきみを求めているように、きみもぼくを求めるようにさせたいんだ」

「だめよ」マージーは消え入りそうな声で言った。

「ぼくがほしくないのかい？」キャノンは彼女の頬に指先で模様を描くようになぞりながらささやいた。

マージーは乾いた唇をなめた。「ほしいわ」そう言った瞬間、その言葉が彼女の体を貫いた。とうとうはっきり認めてしまったのだ。

「ぼくもきみがほしい。その思いの激しさにこの体が焼け焦げてしまいそうだ。ぼくは弟を愛しているが、この瞬間だけは、あいつがきみの妹と地球の裏側にでも行けばいいと心から願っている」

マージーはどうにか笑みを浮かべたが、顔も体も火がついたように熱くなっていた。「ここは……公共の場よ」

「ああ、そうだ。残念なことにね」キャノンはそう言うと顔をうつむけ、筋肉のついた胸に触れている彼女の指を見た。「きみは釣り船に乗っているとき、こうしたかったんだろう？」

「ええ」マージーは手のひらの下で上下する彼の胸を見つめながら言った。彼の胸の手触りと男らしい彼のにおいがなんとも心地よかった。

キャノンが顔を上げた。するとジャンとアンディが連れだって沖のほうに泳いでいくのが見えた。

「やっとふたりきりになれた。貴重な時間だ」彼はかすれた声で言うと、彼女のおなかに手を置き、体をかがめてごく自然にキスした。

マージーは彼の肩を押しやろうとしたが、キャノンは顔を上げると、首を振った。「今なら、あのふたりに見られる心配はない。せっかくのチャンスなんだから楽しもう」

キャノンは手を彼女の胸の谷間に置いた。それから顔を見つめながら、水着の下に手をすべらせ、胸のふくらみの輪郭を指でゆっくりとたどった。

マージーはもどかしくなり、自然と体が弓なりにそった。こんなじらすようにそっと触れるのではなく、荒々しくまさぐってほしい。

彼はマージーの唇すれすれのところまで口を持ってきて、ささやいた。「このまま続けてもいいかい?」

「ええ」彼女はあえぎながら言った。

「だったら協力してくれ」彼はそう言うと、唇を重ねて息を吹きかけた。

マージーは肩を揺らして水着の肩ひもをはずした。するとキャノンは硬くとがった胸の先端を手のひらで包みこんだ。マージーの口からくぐもった声がもれたが、その声は彼の唇にかき消された。キャノンは独占欲もあらわに彼女の唇を貪り、マージーの体の隅々にまで喜びのさざ波を起こした。

キャノンはようやく体を離したが、差し迫った欲望に彼の目は色濃くなっていた。

そのとき、アンディとジャンが浜辺に向かって泳いできた。

キャノンは小声で悪態をついてから、マージーを見つめながら肩ひもで隠れていた素肌を指先でそっとなぞった。マージーの肌は透きとおるように白く、そこに置かれた彼の手は日に焼けており、なんとも対照的だった。マージーが彼の愛撫《あいぶ》に反応して体を震わせると、キャノンは満足げな笑みを浮かべた。

「あの子たちに見られてしまうわ」マージーは弱々しい声で抗議した。

「大丈夫だ」キャノンは彼女を見つめながら言った。「きみと出会った日に言ったことをすべて取り消すよ。きみにはパッド入りのブラジャーは必要ない。きみは完璧だ。誰よりも美しい」

マージーは真っ赤になって顔を伏せた。

「見られるかもしれないと思って、あせっているのかい？　しかたないな」キャノンはそう言うと、水着の肩ひもをしぶしぶもとに戻した。

マージーは彼と目が合わせられなかった。クラスの人気者の男の子といちゃついているところを見つかった女の子になったような気分だ。頬が燃えるように熱くなっているのを感じながら、マージーはその場に座り直して膝を抱えた。

キャノンもマージーのすぐ隣に座り直し、タオルの横に置いてあった煙草とライターに手を伸ばした。そして煙草に火をつけたとき、ジャンとアンディが駆け寄ってきた。

「ああ、楽しかったわ」ジャンがそう言いながらタオルを手に取って髪を拭いた。

「サンドイッチが食べたいな」アンディも体をタオルで拭きながら言った。「おなかがぺこぺこで飢え死にしそうだ。おなかがすいた人は他にいないのかな？」

「ぼくも飢えているよ」キャノンがかすれた声で言った。マージーだけがその言葉の本当の意味をわかっていた。「すぐに食べられるものが冷蔵庫にあるのか見てこよう」キャノンが言い添えた。

「でも、ふたりともまだ泳いでいないんでしょう」ジャンが気づかうように言った。

「別にやることがあったんでね」キャノンはそう言

いながら手を引っぱってマージーを立たせた。

「きっと疑われているわ」家に引き返す途中、ジャンとアンディの後ろを歩きながら、マージーは声をひそめて言った。

「ふたりが双眼鏡を持ってなくて助かったな」キャノンはにやりとした。

マージーはしばらくしてから口を開いた。「わたしは怖がっているわけじゃないの。少しとまどっているのよ。こんな気持ちになったことがないから」

キャノンは足をとめ、彼女の腰に手をまわした。それから探るように彼女の目を見つめた。「きみは不感症なんかじゃない。ぼくがきみの心の傷を全部消してやる。きみがそうさせてくれるのなら」

「わかってるわ」マージーは形のよい彼の唇をじっと見つめた。「ただ何もかも急すぎて……」

キャノンは彼女の唇に指を当てて言葉を封じた。

「きみが慣れるまで待つよ。きみが与えてくれる以上のものを、きみから奪おうとは思っていない」

けれどもマージーは何もかも彼に捧《ささ》げたかった。ふたりは家に向かって歩きだした。マージーは何も言わなかったが、手はしっかりとキャノンの手を握りしめていた。

マージーはその晩、どうすればキャノンの姿を見ずにいられるだろうかと考えた。もし目を向けてしまえば、どうしようもないほど彼に惹《ひ》かれていることをみんなに知られてしまうだろう。けれども、そんな心配はする必要がなかった。キャノンはその晩、パーティに招かれていた。どこかのセクシーな声の女性が電話をかけてくるまで、キャノンはそのことをすっかり忘れていたのだった。

その電話をたまたま最初に取ったのはマージーだった。キャノンがその女性と話しているあいだ、マージーはじっと観察していた。キャノンは少しもうれしそうな顔はしていないが、その口ぶりから、どうやら昔からの知り合いらしい。

電話を切ると、彼はあわてて着替えに行った。ジャンとアンディは映画を観《み》に出かけ、キャノンが着替えて階下に下りてきたときにはすでにいなかった。ヴィクトリンはお気に入りのテレビ番組にすっかり夢中だった。マージーは取り立てて急ぎの用事もなかったので、その番組を一緒に見ていた。とはいえ、本の締め切りが日に日に近づいてきていた。

「どうやら帰りは遅くなりそうだ」キャノンは母の頬にキスしながら言った。「先に寝ていてくれ」

「ねえ」ヴィクトリンはからかうように言った。「電話の相手の女性は誰なのか聞いてもいい?」

「ミッシィー・コーラーだ。彼女の会社は水着を作っていてね。その独占販売契約を結ぼうとして交渉中なんだ」

「ミッシィーにウィンクすれば、あなたは望みのものを手に入れられるんでしょう」母は笑いながら言った。

キャノンは笑わなかった。目をそむけたマージーを困ったような顔で見ている。そして、そっけない声で言った。「マージー、ちょっと来てくれ。話があるんだ」

マージーは彼をちらりと見た。ヴィクトリンが目を見開いていることには気がつかなかった。

キャノンは手を差し出したが、マージーはその手を取らずに立ちあがった。それでも彼は彼女の手をつかみ、外に引っぱっていった。あたりはすでに暗くなっている。

「ぼくだって行きたくないんだ」彼は車をとめているところまで歩きながら言った。「この契約が大切でなければ、パーティなんか無視していたさ。母がなんと言おうが、ぼくはミッシィーに個人的な興味はまったくない。仕事上しかたなくつき合っている彼は親指で彼女のふっくらした唇をなぞった。「ヴィクトリア朝時代の女性のように、品行方正に育てられたからなのか?」

マージーは思わず噴き出した。

キャノンは頭をかがめ、そっと唇を重ねた。そのキスはどこまでもやさしく、心を揺さぶった。「一日ごとに少しずつ進めていかないか? いいかい、そもそもきみがぼくをベッドに押し倒して襲いかかってこようとしたんだからな」

「そんなことを言うなんて意地悪な人ね!」

「いや、意地悪なのはきみだ」キャノンはそう言うと、再び頭をかがめて唇をそっと重ねた。「まったくミッシィーのやつめ」

マージーはグリーンの目を見開いた。「彼女はきれいなの?」

キャノンは眉を上げ、マージーのきらめくまなざし、つややかな髪、さらにはクリームのようにやわ

だけだ」

マージーは彼を見上げた。「わたしにとやかく言う権利はないわ」

「わかってるよ。でも、ぼくはその権利をきみにあげたいのかもしれない」キャノンはそう言うと、マージーの頬を指でなぞった。「明日はまた何かちがうことを一緒にしよう。アンディとジャンに見つからないところで」

「そんなことはしないほうがいいのかもしれないわ」マージーはそう言うと、目を伏せた。キャノンといると、自分は隙だらけの弱い人間になってしまう。

キャノンはマージーをじっと見つめながら、温かな手で彼女の顔を包みこみ、目を向けさせた。「ぼくを怖がる理由なんかひとつもないんだよ」

「そういうことじゃないの」マージーは消え入りそうな声で言った。

らかな肌を目でたどった。「きみと比べたら、きれいな女性なんてひとりもいないさ」

「あなたもそう悪くないわよ」マージーは笑いながら言った。

「起きて待っていてくれと言いたいが、何時に帰れるかわからないんだ。明日の朝、ダイニングルームで六時に会わないか?」

「トレンチコートを着ていってもいい?」

「いや、すけすけのネグリジェを着てきてくれ」

マージーは彼の胸をたたいた。「もうやめて」

「なあ、やっぱりこれからドレスに着替えて、ぼくと一緒にパーティに行かないか?」

マージーは首を振った。「ひと晩じゅう、あなたがどこかの女性に言い寄られるのは見ていたくないわ」

キャノンはふいに真剣な顔になると、マージーの腰をつかみ、ふたりの唇が同じ高さになるように抱きあげた。「わかったよ。いいかい、おやすみのキスをしたら、すぐに家に戻るんだよ。ここは寒いのに、きみは上着を着ていないんだから」

マージーは泣きたくなった。これまで彼女のことを心配してくれるのはジャンだけだったのだ。キャノンの首に手をまわし、そっと唇を合わせた。するとキャノンがすぐにまた唇を重ねてきて、ふたりは繰り返し何度もキスした。

しばらくしてからようやくキャノンは顔を離して言った。「おやすみ」

「おやすみなさい」マージーもそうささやいたが、言い終わった瞬間、再び唇に唇を押し当てられていた。

キャノンはそれから彼女を地面に下ろした。「もうそろそろ行くよ。これ以上ここにいたら、どこにも行けなくなりそうだからね。今度こそおやすみ」

マージーはその場に立ちつくし、彼の車が遠ざかるのを見送った。

それからマージーは部屋に戻った。テレビの前のソファに腰を下ろすと、ヴィクトリンがすぐに話しかけてきた。「本当はね、あの子はミッシィーには全然興味はないのよ」

「もし興味があったら、彼女の目をくり抜いてしまうかもしれません」素直に認めると、マージーははにかみながら笑みを浮かべた。

ヴィクトリンは笑いながらマージーの手をぽんとたたいた。「あなたと仲よくなれてよかったわ。キャノンの操縦法をあなたから聞けるもの」

そんなふうに思われるのはまだ早い。キャノンとの仲はそこまで深まっていないのだから。マージーはそう思ったが、そうなってほしいと心から願っていたので何も言わなかった。

ちょうどそのとき電話が鳴りだした。近くにいたのでマージーが受話器を取ると、驚いたことに電話の相手は彼女のエージェントだった。

「必死できみを捜したよ。留守番電話サービスに連絡して、ようやくこの番号がわかったんだ。まあ、そんなことはともかく——」エージェントはそこではずんだ声になった。「すばらしい知らせがあるんだ。ジーン・マードックを覚えているかい？　彼は、先日出版されたきみの本を映画化したいそうだ。その件で話し合いたがっているんだが、明日の夜までしかこの街にいられないそうだ。どうだい、明日、十時にわたしのオフィスに来られるかな？」

7

　マージーはとっさに返事ができなかった。パナマシティに来てから、小説のことはほとんど頭になかったのだ。とりわけキャノン・ヴァン・ダインと深く関わり合うようになってからは。

「それは……午前中の十時ってこと？」彼女は言葉に詰まりながらどうにかそう言った。

「おいおい、大丈夫かい？」エージェントは笑った。「きみは自分が誰なのか覚えているだろう？　シルバー・マクファーソンなんだよ。きみの最新作の『燃えあがる情熱』はこの四週間、ベストセラーリストのナンバーワンに輝いている！」

「ええ、わかってるけれど」マージーはぼんやりしながら言った。「朝の十時なのね。七時に飛行機に乗ればどうにか……。なんとか行くわ。どうしても無理だったら、また電話するから」

「わかったよ。ともかくおめでとう！　大ヒットまちがいなしだ。それじゃあ、明日会おう！」

　マージーは手の中の受話器をじっと見つめた。ヴィクトリンがいぶかしげに見ているのには気づいていた。明日の午前中にニューヨークに着かなければならないということは、その晩は泊まることになるだろう。そんなに長くキャノンと離れなければならないと思うと、つらくてたまらなかった。いったいどうしたというのだろう？　マージーは自分に問いかけた。かつては自分の作品が映画化されることを何よりも望んでいた。けれども今はそれがわたしとキャノンのあいだに立ちはだかる壁のようにしか思えない。またこれで嘘《うそ》というレンガをひとつ壁に積みあげることになるのだ。いつの日かキャノンは、わたしが何かと噂《うわさ》の多いロマンス作家であることを知ることになる。そうしたら、どう思うだろう？　嘘をついていたと怒りだすにちがいない。それに彼は世間では保守的な堅物のイメージで通っているのに、そんな評判の悪い作家と関わり合いがあると知られたら、どうなってしまうのだろう？　そう思うと、マージーの目に涙がこみあげてきた。

「大丈夫？」ヴィクトリンが心配そうに尋ねた。

マージーははっとして顔を上げた。「ええ、まあ。明日、片づけなければならない急用ができてしまったんです」マージーは曖昧に言い、その先はヴィクトリンの想像にまかせた。

「まあ、そうなの。飛行機のことは心配しなくてもいいわよ。きっとキャノンが自家用機で連れていってくれるから」

「そんなことは頼めません」

「頼めばいいのよ。きっと喜んで引き受けてくれるから。さあ、こっちに来てテレビの続きを見ましょう。心配いらないわよ」

マージーはソファに再び座ったが、不安でたまらなかった。彼が連れていってくれることになったらどうしよう？　ニューヨークへ急に行かなければならなくなったことを、なんて説明すればいいの？

その晩、ベッドに入ってもなかなか眠れず、頭の中で考えが空まわりした。どう考えてもキャノンには打ち明けなければならない。彼が納得するような言い訳は考えつかないし、嘘の上塗りをするのはもううたくさんだからだ。とはいえ、どうやって話を切り出せばいいの？

空が白々となり、いつの間にか朝になっていた。ジャンが部屋に飛びこんできて、ベッドの端に腰かけた。「キャノンが自家用機でニューヨークに連れていってくれるそうよ。小説のことで行かなきゃならなくなったんでしょう？」

マージーは寝返りを打ち、朝の光に目を細くした。

「ええ。映画化されるらしいわ」

「映画なの！　すごいじゃない！」

マージーは体を起こした。「今、何時？」

「六時よ。どうしたの？　少しもうれしそうじゃないのね。有名人になるのに！」

「有名人になんかなりたくないわ」マージーはぽつりと言った。「本なんか書かなければよかった」

ジャンは姉をまじまじと見た。「どういうこと？」

「なんでもないわ」マージーは顔を伏せた。「なぜニューヨークに行かなければならないのか、キャノンになんと説明すればいいの？」

「キャノンのことを心配しているの？　どうして？　言い寄られたとか？」

マージーは力ない声で笑った。「まあ、そうとも言えるわね」

ジャンは姉をやさしく抱きしめた。「ああ、マージー、ごめんなさい。わたしがばかだったわ。あなたがシルバー・マクファーソンだということを隠しておいてなんて頼んでしまって」

「しょうがないわ。これまではそれでうまくいっていたんだから」

ジャンは考えこむような顔になった。「キャノンを愛しているの？」

言葉にしてはっきり尋ねられると、身がすくむ思いだった。マージーは自分の顔が赤くなるのがわかった。それが答えを物語っていた。

ジャンはただうなずいた。「昨日の様子ではっきりわかったわ。キャノンは片時もあなたから目を離さなかったし、あなたも大好物の料理をメニューで見つけたような目で彼を見ていた……」

マージーは起きあがって膝を抱えた。「彼はわたしを求めているの。でもあなたも知ってのとおり、わたしはそっち方面では大きな問題を抱えているか心配することはないわよ」ジャンはやさしく言った。「彼を愛しているなら、きっと自然にうまくいくわ」

「でもそうなったとしても、わたしは誰にも束縛されるつもりはないの。かといって、ひと晩かぎりの関係を楽しめるタイプでもない。欲望を満たすためだけのセックスなんかできないわ！」

「お姉さんはヴィクトリア朝時代の考えの持ち主だから」ジャンはやさしくからかった。「でもね、キャノンを心から愛していたら、決して拒めないはずよ。悲しいけれど、それが事実だわ」

マージーは顔を上げた。「彼はいつの間にか、わたしの心に住みついていたの。ああ、どうしよう、ジャン。わたしは胸が焦がれるほど彼を愛してしまったの！」

「よかった！　小説を書き続けて一生を終えてしまら」

うかもしれないって心配していたのよ」

「でも、わたしの仕事を打ち明けたら」マージーはため息をついた。「きっと何もかもだめになってしまう！」

「心配しすぎよ」ジャンはそう言って立ちあがった。「さあ、そろそろ支度をしたほうがいいわ。ねえ、マージー、もうひとつだけ頼みたいことがあるの。これで最後にするから」

「わたしがあなたの頼みを断るはずないでしょう」

「わたしとアンディはあと数カ月離れ離れになってもかまわないとキャノンに伝えてくれる？　それでも変わらず愛し合っていたら、わたしたちは本気だってキャノンもわかってくれるでしょう」ジャンはそこでにやりとした。「それでね、少々彼のご機嫌を取ってでも説得してほしいの」

「あくどい作戦を考えたものね」マージーもにやりとしながらベッドから立ちあがった。「わかったわ。

話してみる。キャノンが耳を貸してくれればだけど」

「そんな服を着たときに聞いてみて」ジャンは体の線が透けたナイトガウンを指差した。「そうしたら絶対に聞いてくれるから」そう言うと、妹は枕が飛んでくる前に部屋から出ていった。

マージーは真っ白な麻のスーツにベージュのブラウスを着ると、それに合わせてベージュのアクセサリーを身につけた。それからハンドバッグとスーツケースを持ってダイニングルームに行った。キャノンは家族とともに朝食を食べていたが、すぐに彼女を見つけて顔を向けた。

「ぼくたちはニューヨークに行くそうだね」キャノンは笑みを浮かべた。

「航空会社の飛行機で行ってもいいのよ」マージーはおずおずと言い、キャノンが引いてくれた椅子に腰を下ろした。

「いや、ぼくの飛行機で行こう。せっかくだから観光も楽しんでこよう」

マージーはちらりとキャノンを見た。「あなたは本当にそれでいいの？」

「かまわないよ。今晩はニューヨークに泊まり、明日戻ってくればいい」

「キャノンは年契約でホテルのスイートルームを借りているのよ」ヴィクトリンが言った。「ニューヨークにはよく出張で行くから。なかなかいいホテルよ。ダイニングルームの料理がおいしくてね」

「それにあのホテルなら、ベッドルームに鍵をかけられるからな」彼が茶目っ気たっぷりに言った。

「マージーを誘惑するんじゃないわよ」ヴィクトリンは大げさに眉を上げた。「わたしの大切な友人が、あなたの次の戦利品になるなんて我慢ならないんだから」

キャノンは母に向かって口の端をつりあげた。彼は注文仕立てのグレイのスーツと揃《そろ》いのベストを着ていた。それはブロンズ色の肌を強調し、いつもよりもいっそう男らしく見えた。

「彼女はそういう女性じゃない」キャノンはそう言うと、やわらかな表情になってマージーを見つめた。

ヴィクトリンはその顔を見ると顔をうつむけ、コーヒーに向かってにっこりほほ笑んだ。


コックピットの中でマージーはキャノンのすぐ隣の席に座り、彼が巧みに操縦桿《かん》を操るのを見ていた。小さなジェット機は飛び立ち、雲の中をすいすい進んでいった。

ラリーが飛行機事故で亡くなったあと、マージーは小さな飛行機には二度と乗れないと思っていた。けれどもキャノンは慎重であるだけでなく、巧みに操縦桿を操り、彼といれば、なんの心配もいらないと思うことができた。こんな気持ちにさせてくれる人はこれまでひとりもいなかった。操縦桿を握る彼の手を見て、こんなふうに自信たっぷりにわたしにも触れるのだろうかと考え、すぐにそうにちがいないと思った。だが、そのせいでこの先のことがますます不安になってきた。

キャノンが定宿にしているスイートルームは広々としていて、しつらえも豪華だった。だがマージーはスーツケースを置くと、すぐに外に出てタクシーを拾い、エージェントのオフィスに向かった。キャノンには夫の弁護士と法的な手続きの話をするのだと言い残してきた。嘘をついたことがいやでたまらず、マージーは近いうちに絶対に本当のことを打ち明けようと改めて心に決めた。

エージェントのジム・ペインは満面に笑みをたたえてマージーを出迎え、ジーン・マードックの隣に座らせた。するとマードックは彼女のベストセラー小説を映画化する計画を勢いこんで語りはじめた。

話し合いに時間がかかったが、終わったときには マードックなら必ず成功させるだろうと思うことができた。最後に正式に契約することになり、その前払い金だけでもマージーの将来の生活は保障されたも同然だった。彼女はふたりの男性と握手してから、信じられない思いでエレベーターに乗りこんだ。

たしかなことがひとつあった。すぐにでもキャノンに本当のことを打ち明けなければならない。じきに映画の宣伝がはじまってしまうからだ。シルバー・マクファーソンは今でもいろいろな意味で有名だが、さらに名前が知れわたるだろう。キャノンが誰かから真実を告げられると思うと、耐えられなかった。そんなことになったら、わたしの罪はますます重くなってしまう。

ホテルに戻ると、キャノンは電話で話をしていた。「だめだ」彼はマージーをちらりと見ながら受話器に向かって無愛想に言った。「弁護士にその条件は変えたほうがいいと言われたんだ。そうするまで契約書にサインするつもりはないからな。なんだって？」彼は吐き捨てるように言うと、ため息をついた。「わかった。場所と時間は？　ああ、そこに行くよ」そして、たたきつけるように電話を切った。

「トラブルでも起こったの？」マージーは心配になって尋ねた。

「ぼくに処理できないことはない。ただ、今日一日かかりきりになりそうだ。せっかくきみとふたりで過ごそうと思って計画を立てたのに」

マージーは肩をすくめた。「仕事ならしかたないわ。わたしは平気よ」

「平気だなんて言わないでくれ」キャノンはそう言いながらマージーのほうに歩いていった。そして彼女の腰をつかむと、自分の太ももにぐいと引き寄せた。彼の下半身は張りつめていた。

マージーはとっさに彼の手をつかんだが、キャノンは彼女を放そうとしなかった。

「これをどうにかしてくれ」彼はそう言うと唇を開き、マージーに顔を寄せた。

彼女は思わず息をのんだ。唇が重なると、キャノンは飢えたように熱い舌を差しこんできた。

魔法にかけられたようにマージーは恍惚《こうこつ》となった。こうして彼の腕の中にいるのが夢のようで、今にも溶けてしまいそうだった。いつしか彼のシャツのボタンに手をかけ、上から四つ目まではずしていた。

「ぼくにさわりたいのかい？」キャノンは唇を重ねたままささやいた。

「さわりたくてしかたないわ」マージーはかすれた声で言い、彼の胸もとに手を入れ、胸毛を指に絡ませた。

キャノンは体をわずかに離してマージーの手をじっと見た。「だったら、ぼくと一緒にベッドへ行こう」

「でも、あなたは仕事の会合があるんでしょう」

「さぼるよ」

「だめよ。行かなきゃ」

キャノンはため息をついた。「そのとおりだな」

マージーは彼の胸にそっとキスすると、ボタンを再びとめた。羽毛が触れるような軽いキスだったのに、キャノンはそれでも体を震わせた。

「鍵を買っておけばよかった。そうすればぼくが出かけているあいだ誰も入れないよう、きみのベッドルームに二重の鍵がかけられるのに」彼はうなるように言った。「いいかい、家具でドアを押さえつけておくんだよ」

「あなたがいないあいだ、トラの捕獲用の仕掛けをドアにしこんでおくわ」

彼は頭をかがめ、マージーにやさしくキスした。

「できるだけ早く返ってくるよ。ぼくがいなくてさびしいかい」

「もうさびしくなっているわ」それは本当のことだった。

キャノンは笑みを浮かべて彼女の頬に指先で触れると、背中を向けて部屋から出ていった。

その晩、キャノンが戻ってくると、ふたりはホテルのレストランで夕食をとった。キャノンと一緒にいるだけで、マージーは信じられないほど幸せな気持ちで満たされ、料理に口をつけるまでおなかがすいていたことにさえ気がつかなかった。

キャノンの視線はずっとマージーに注がれていた。とりわけ、体にぴったりした銀色のドレスの深く開いた胸もとに。上品なイブニングスーツを着た彼はこのうえなく魅力的で、他の女性客が露骨に目を向けてきたほどだ。

「あの赤毛の女性が、あなたに色目を使うのをやめなければ」マージーはデザートを食べながらむっつりと言った。「このワインを頭からぶちまけてやるわ」

キャノンは低い声で笑った。「ワインがもったいないよ」それからワインのボトルを取りあげ、彼女のグラスにお代わりを注《つ》いだ。それはブルゴーニュの熟成したもので、マージーはすでにいつもより多く飲んでいた。キャノンとふたりで過ごすのもこれが最後になるかもしれないと思い、楽しい時間を引きのばしたかったのだ。今晩、本当のことを言おうと心に決めていた。それが彼女の首を絞めることになったとしても。

「わたしを酔わせる気なの？」

「そうじゃない」キャノンはグラスの縁越しにマージーを見た。「ただ……リラックスしてほしいだけだ」

「きみはあまり酔っていないようだね」キャノンは

ホテルの部屋に戻ると、そう言った。そしてマージーを見つめながらジャケットを脱ぎ、ネクタイをはずしてからシャツのボタンに手をかけた。

「でもリラックスしているわ」マージーは彼の首に手をまわした。「そう、とてもリラックスしている」彼の探るような目と目が合うと、口もとの笑みは消えた。「あなたを心から愛しているの」声に出したとは気づかないほど、その言葉は自然と口から出ていた。

「ああ、ハニー」キャノンはそう言って顔を寄せ、唇を重ねた。

マージーはうっとりと目を閉じて彼にしがみついた。そう、キャノンを愛していた。彼がほしかった……。そう、彼が何よりもほしかった!

キャノンはマージーのドレスの肩ひもに手をかけてはずすと、やわらかな肩にそっと唇をつけ、首もとから喉へとすべらせ、さらには胸のふくらみを唇でたどった。

ふいにドレスが下ろされ、銀色のハイヒールの周りに落ちた。部屋の冷たい空気が彼女の素肌をなでる。

マージーは目を開けて抗議しようとしたが、キャノンはむき出しにした素肌をたどりはじめた。ピンク色の胸の先端を舌でもてあそび、手でシルクのような肌を愛撫《あいぶ》する。その手は自信に満ちていて巧みに官能を駆り立てた。

マージーは声にならない声をあげながら体を弓なりにそらした。やめなさいという声が心の奥から聞こえてきたが、それを無視した。喜びの波にさらわれていた。彼女の体は今やすっかりキャノンのものだった。

キャノンは彼女を軽々と抱きあげると、そっと唇を合わせて言った。「ぼくはひと晩だけの関係を持つには年を取りすぎた。きみだってそうだろう。べ

ッドをともにするなら、なんらかの約束がほしい。キ
聞こえているかい？　ただセックスするだけではい
やなんだ」

「あなたを愛しているわ」マージーはささやいた。

「愛しているの……」

「きみを放さないよ、マージー」キャノンは彼女を抱きかかえて歩きながら言った。「死ぬまで放さない」

「わたしを傷つけないで」

「きみはぼくの宝物だ」彼はかすれた声で言った。「宝物を傷つけたりなんかするものか」

マージーはキャノンにしがみつき、唇で彼の顔の輪郭をたどった。キャノンはベッドルームに入ってドアを閉め、彼女をベッドの上に下ろした。それから自分も彼女の隣に横たわった。

「明かりを消して、キャノン」

「きみはぼくの体を見たくないのかい？　ぼくはきみの体が見たい」

マージーの心臓は狂ったように激しく打った。キャノンがショーツ一枚になった彼女の姿を眺めていたからだ。こんな姿を見せたのは、他にはラリーだけだった。だが、彼はやせっぽちの彼女の体を愛《いと》おしそうに見たことは一度もなかった。

「ぼくが嫉妬深くなかったら」キャノンはようやく口を開いたが、その声はかすれていた。「きみのこの姿を画家に描かせるんだが。でも画家にだって見せたくない。見ていいのはぼくだけだ」キャノンはそう言うと、再び唇を重ね、指先で胸のふくらみの周りをたどった。

快感が突きあげてきて、マージーの体に震えが走った。

「きみはぼくのものだね、マージー？」

「ええ」彼女はためらうことなく言い、彼のほうに手を差し出した。「いつでもあなたのものよ。わた

しが生きているかぎり……」

キャノンは彼女の背中に手をまわした。背中に押し当てられた彼の手のひらは温かだった。それから抱き寄せられ、唇が再び重なった。マージーの口から喜びの吐息がもれた。

「わかっただろう。こうやって愛し合うのが、どれだけすばらしいことなのか」キャノンはささやき、唇を唇でなぞってから、歯を立てて彼女の下唇をそっと引っぱった。それからマージーの手をつかむと、シャツのボタンのところに持っていった。「ぼくの服を脱がせてくれ」

マージーは自分でも意外なほど手際よくボタンをはずし、キャノンの肩からシャツを脱がせた。そして指の下に感じる彼のなめらかな肌にうっとりと息をついた。胸毛を指に巻きつけ、そっと引っぱってみる。すると彼がうめくような声をたてたので、笑みを浮かべたが、すぐに口を口でふさがれた。

「いたずら好きの魔女め」彼はそう言いながらマージーの目をのぞきこんだ。「今のはわざとやったな」

「わざとじゃないわ」マージーは彼の肩に手を置き、首へとすべらせた。「ラリーはさわられるのが好きじゃなかったの」そのことを思い出すと、顔から笑みが消えた。「わたしに触れるのも、わたしの体を眺めるのも好きじゃなかった……」

「過去を振り返るのはやめるんだ」キャノンは静かに言うと、彼女と目を合わせた。「きみは今、ぼくと一緒にいるんだ。ぼくはきみの体の隅々まで触れたい」

「あなたをがっかりさせてしまうかもしれないわ」

「がっかりなんかしない」彼はきっぱりと言った。「きみといると、ぼくはようやく一人前の男になれた気がする。ぼくが女性に求めているものをきみがすべて持っているからだ。きみは男性の夢を叶《かな》える女性だ。理想の女性そのものだ。だから、がっかりなんか絶対にしない」

マージーの目に涙があふれ、キャノンの姿がぼやけた。彼女は手を伸ばして彼の唇に触れた。「ああ、あなたを愛しているわ」

ふたりの体がぴたりと合わさり、彼女の胸のふくらみはたくましい胸板に押しつぶされた。脚も自分と相手のものとの区別がつかなくなるほどしっかり絡み合っている。

「もうとめられないよ」キャノンは声を震わせて言うと、これまでよりもさらに深々とキスした。

「わたしもやめてほしくないわ」マージーは体を弓なりにそらした。「わたしを愛して。お願い。このうずきをとめてちょうだい」

「ぼくの全身も、きみがほしくてうずいている」

「こんなに……誰かをほしいと思ったのは初めてよ」彼女は枕に上半身を押し倒されながら言った。「きっとこれまでは誰も愛したことがなかったんだわ……」

「静かに、ダーリン」キャノンはささやいた。「そして、ぼくの言うとおりにしてくれ」彼女を見つめながら荒い息をつく。「ああ、そうだ、ぼくの言うとおりにして、ぼくを受け入れてくれ」それから自分のベルトに手をかけてはずしにかかった。

ちょうどそのとき、部屋に爆弾が直撃したかのようにドアベルの音が響きわたった。ふたりは冷水を浴びせられたように現実に引き戻された。キャノンは顔をしかめて悪態をついた。

「ドアベルを鳴らしたやつは生命保険が満期になっていることを祈るよ」キャノンは体を起こすと、荒く息をつきながら言った。

「わたしがぐずぐずしていたせいね。ごめんなさい」

キャノンは彼女が上掛けを顎まで引っぱりあげると、名残惜しそうな顔になった。「もったいないな。

そんなにきれいな体を隠すなんて」

マージーはどうにか笑みを浮かべると、いたずらっ子のように目をきらりと光らせた。「今になって、ようやく自分がどこで何をしているのか気づいたわ。あなたって本当に手だれの誘惑者ね」

「ぼくがかい？」キャノンはおどけたように言いながら、床に落ちていたシャツを拾いあげた。「ちがうね。ぼくをここに引っぱりこんで誘惑したのはきみだ」

「わたし、そんなことはしていないわ！」彼女は言い返すと、体を起こして乱れた髪を手でなでつけた。

「だいたい紳士というものは……」〝紳士〟という言葉をわざと強調して言った。

「ぼくは紳士じゃないからね」キャノンはドアをにらみつけた。ドアベルがまだしつこく鳴っていた。

「それにぼくが紳士だったら、きみはぼくを好きになっていない。ちがうかい？」そう言うと、にやりと笑った。

マージーはまつげ越しに彼を見た。「その質問にはあとで答えるわ。ねえ、誰が来たのか見に行ったほうがいいんじゃない。わたしのようなかわいい娘を悪の巣窟に引っぱりこむのを見られて、警察に通報されたのかもしれないわよ」

「きみがかわいいのは認める」キャノンはそう言いながらドアのほうに歩いていった。「誰が来たにしろ、そいつを追いはらうまでそこにいてくれたら、ぼくがどれだけきみをかわいいと思っているのか体で教えてやるさ」

「ありがとう。でも今晩はもう充分楽しんだわ。わたし……少し考える時間がほしいの」

キャノンはその言葉を聞くと振り返った。けれども怒ってもいなかったし、いらだってもいなかった。口もとには笑みが浮かんでいた。「きみのペースに合わせるよ、ダーリン。すぐにでもきみをぼくのものにしたいが、無理やりそうするつもりはない。明日の朝、会おう」

マージーはうなずいた。「おやすみなさい」

キャノンは片目をつぶってみせると、部屋から出ていった。

ドアをノックしたのは、キャノンの仕事相手で、その日一日がかりで交渉していた契約についてさらに話をしに来たのだった。マージーは彼が来たことにひそかに感謝し、自分のベッドルームに戻って鍵をかけた。そのとたん、苦い気持ちがこみあげてきた。ワインのせいですっかり理性のたががはずれ、節操をなくしてしまった。それだけでなく、キャノンに愛していると告げてしまったなんて！

マージーはナイトガウンに着替えてベッドにもぐりこんだ。今でもキャノンの手や唇やそのぬくもりを体に感じられた。キャノンを愛している。それは嘘ではない。そう、狂おしいほど愛している。こんな気持ちになったのは初めてだし、自分がそうなるなんて想像すらしていなかった。

キャノンはわたしを愛しているとは言ってない。だが、彼が女性に求めているものを私がすべて持っていると言っていた。

マージーは戒めるように自分に言い聞かせた。もちろん、女性をものにしようとするときは、男性はどんなことでも言うものだ。たとえそれが嘘であっても。キャノンはわたしがほしくてたまらないらしい。それだけははっきりわかった。そう思うと、マージーの頬はかっと熱くなった。

明かりを消すと、マージーは上掛けを肩まで引っぱりあげながら思った。朝になって冷静になったら、もう一度ちゃんと考えてみよう。でも今は眠るしかない。頭がこんなにぼうっとしているのでは、パズルのような複雑な気持ちを整理することはできそうにない。

翌朝、マージーは目覚めると、はっとして上半身を起こした。昨晩の記憶が生々しくよみがえってきたからだ。

ベッドから出ると、彼女はスーツケースから紺色のスラックスと白いブラウスを引っぱり出した。それからバスルームに向かい、シャワーを浴びてから髪をドライヤーで乾かした。化粧はいつもより濃くした。目の下のくまと腫れた唇を隠すためだ。朝の冴《さ》え冴《ざ》えとした光を浴びると、現実が重くのしかかってくるようだった。今となっては昨晩、邪魔が入ってくれたことがありがたかった。そうでなければ、まちがいなくキャノンとベッドをともにしていただろう。

「あんなことをするなんて!」マージーは自分を叱りつけた。「わたしは本当に救いようもないばかなんだから!」

どんな顔をしてキャノンに会えばいいのかわからなかった。あんなにワインを飲まなければよかった。そもそもキャノンには近づかず、距離を置いていればこんなことにはならなかったのに。

彼女は荷物をまとめると、紺色のブレザーを着て、ハンドバッグを手に取った。そして部屋を出た。

キャノンはリビングルームにいた。ルームサービスを頼んだらしく、小さなテーブルには卵とソーセージとトースト、それにコーヒーが並んでいた。

マージーが入っていくと、キャノンは顔を上げた。黄色いニットの半袖のシャツからたくましい腕が伸びている。彼の目もマージーの目と同じように赤く、その下には濃いくまができていた。

「おはよう」マージーは硬い声で言った。目を合わせることができない。

「おはよう」彼もそっけなく言った。「急いで朝食を食べてくれ。それからフロリダに戻るから」

マージーは椅子に座って膝にナプキンを置くと、コーヒーを飲んだ。

キャノンは真向かいの席に座った。朝食を食べているあいだ、ふたりとも黙っていたが、キャノンは思案するような目で彼女を見ていた。

「マージー」彼はようやく口を開いた。

彼女はフォークを持つ手をとめて顔を上げた。食欲がなく、料理にはほとんど手をつけていない。

彼女が後悔していることに気づいたように、キャノンは言った。「ぼくたちのあいだには、まだ何も起こっていない」

マージーは力なくほほ笑んだ。「でも、あぶなかったわ」

「何か起こったとしても、それで世界が終わるのか？」キャノンはそう言うと立ちあがり、マージーの椅子の脇に行き、片方の手を彼女の腰にまわした。

「答えてくれ。昨日の夜、ベッドをともにしていたら、それはきみにとって後悔するようなことなのか？」

「あなたが言ったのよ」彼女はため息をついた。「わたしはヴィクトリア朝時代の考えの持ち主だって。祖母のマクファーソンに、女の子は誘惑に屈服するくらいなら、窓から身を投げるべきだと教えられたのよ」

「それは誘惑してくる相手にもよるんじゃないのか？」

「祖母はそうは考えていなかったわ」マージーは彼と目を合わせた。「昨日のことは何もかもワインのせいだから」

「それは嘘だ」キャノンはそう言い返し、マージーのももに手を置いた。「ぼくたちは互いを求めていた、マージー。だからといって恥じることはないんだ。それが人間として自然なことなんだから」

彼女は口をすぼめた。「なんだか安っぽいわ」

「ぼくの収入は決して安くないよ」キャノンは眉を上げて言うと、にやりとした。

マージーは手のひらで彼の肩をたたいた。「からかうのはやめて。わたしの言いたいことはわかっているくせに。近ごろでは、人々は気軽にセックスするらしいけれど、わたしにはそんなことはできないの」

「ぼくがきみのことをどう思っているのか話しただろう?」キャノンはそう言うと、彼女の顎に手をかけて顔を上げさせた。「それなのに、ぼくとは体の関係だけで終わると思っていたのか?」

「あなたを責めるつもりはないわ。あなたは男だもの。そうだとしてもしかたないわ」

「きみは女だ。ぼくが久しぶりに触れたくなった女だ。ぼくは仕事を完璧にこなし、遊びも大いに楽しむが、恋人は作らないようにしてきた。たとえ短いあいだだけでもつき合った女性はいない」

「一夜かぎりの関係ばかりだったってこと?」

「まあ、そういうことだ。離婚してから、女性に関してはどうでもよくなってしまったんだ」

マージーはキャノンの顔をじっと見つめた。

「傷跡を探しているのかい? 顔にはないよ」

「そうじゃなくて、あなたが結婚してもいいと思った女性はどんな人だったんだろうと考えていたの」

彼の口の端が上がった。「赤毛の男好きのする女だった。ぼくはすっかり夢中になってしまったんだ。あのときは二十五歳だった。大学を出たばかりだが、すでに副社長だったし、愛は永遠に続くものだと信じていた。その二年後にぼくは裏切られた。彼女がぼくのベッドで愛人と寝ているところを見つけた晩に離婚を決意したんだ」

「その愛人は知り合いだったの?」

「うちのインテリアデザイナーだった」

「彼女は、あなたのもとから去ったの……？」マージーは不思議そうにそう問いかけた。

「ぼくを振って別の男に乗りかえる女性がいるなんて信じられないと言いたいのかい？」

「ええ、信じられないわ」彼女は素直に言ってから、顔をそむけた。「もう話すのはやめて、朝食を片づけてしまいましょうよ」

「こんなことを言ったら、きみはどう思うだろう？」キャノンは彼女の手を握った。「ぼくはきみと出会ってから、きみと別れて他の女性のところに行くことができなくなった」

マージーは目を見開いた。「あなたは……今、なんと言ったの？」

キャノンは彼女の手を引き寄せると、手の甲にそっとキスした。「ああ、そうだとも」そして手を返し、今度は手のひらにキスしてから握りしめた。

「マージー、きみが月がほしいと言うのなら、ぼくがどんなことをしてでも取ってきてやる。だからこれだけは約束してくれ。ぼくのもとから決して去っていかないでくれ」

マージーのグリーンの目に涙がこみあげてきた。キャノンは立ちあがって彼女を抱きしめ、たくましい腕の中に包みこんだ。

いったいなんと言えばいいの？　マージーは胸が締めつけられた。あと数時間後にパナマシティに戻ったら、本当のことを打ち明けなくてはならない。ふたりのあいだに嘘があるかぎり、未来はないからだ。キャノンを信頼して真実を告げよう。そのせいで何もかも終わりになってしまうかもしれないけれど。

「どこにも行かないわ。あなたに追いはらわれないかぎりは」彼女はそう言ってキャノンにしがみついた。

「きみを追いはらうだって？」彼は眉をつりあげた。

「そんなことはできない。たとえ腕を切り落とされたとしても、きみを失ったほうがはるかに苦しむだろう」彼はマージーを抱きしめる腕に力をこめた。「マージー……きみがほしいんだ」

マージーは張りつめた顔になって彼と目を合わせた。「キャノン、フロリダに戻ったら、あなたに打ち明けなくてはならないことがあるの。どうしても話さなければならないことが。あなたはそれを聞いたら、わたしを嫌いになるかもしれない」

キャノンは笑いながら言った。「避妊用のピルをのんでいないとか?」

「ピルはのんでいないわ。でも、あなたに話したいことはそういうことではないの」

「だったら、なんなんだい?」

マージーは話してしまおうかと思ったが、言葉が喉に詰まり、どうしても出てこなかった。

「今日はやめておくわ」

「わかった。今日でなくてもいいさ」キャノンは彼女の腰をつかみ、唇が同じ高さになるまで抱きあげた。「きみの夢を見たんだ」そう言うと、唇をついばむようなキスをした。「夢の中で、ぼくときみは愛を交わしていた。やけに生々しくて、起きたとき、思わずきみがいたほうに手を伸ばしたんだ」

マージーは彼の首に手をまわし、鼻先を彼の鼻にすり寄せた。「わたしはそこにいたの?」

彼は小さく笑った。「きみの感触がした。でも目を開けたとき、ぼくは枕を握っていた」

「わたしが枕のようにふくらんでいるなんて知らなかったわ」マージーはささやいて彼にキスした。

「ふくらんでいるんじゃなくて、やわらかいんだよ。ぼくが唯一安心できる場所だ。たとえば、ここ……」キャノンは彼女の体を持ちあげ、胸のふくらみにキスした。

ブラウスの上からだったが、それでもうっとりするような甘美な感覚が広がり、マージーの口から息がもれた。

キャノンは彼女を床に下ろし、目をのぞきこんだ。「ぼくはただきみを見ているだけなのに、足の裏までうずいている。きみがほしくてたまらないんだ。そんな気持ちにさせるなんて、きみはやっぱり魔法使いだ」

「魔法をかけたのは、あなたよ」マージーは彼の胸に手を置いた。「出会ったその日、あなたの腕のうぶ毛を見て、体にも同じように毛が生えているのかしらって思ったの」マージーは笑いながら言い、目をきらきらと輝かせた。

キャノンも笑い声をあげ、彼女の手を握って激しく振った。「昨日の夜、あと少しで自分の目でたしかめられたのに」

「わたしはきっと毛深い人が好きなんだわ。毛を引っぱって遊べるから」

「全部抜くつもりかい？」彼はからかうように言うと、彼女を抱きしめた。「まったく、恋愛の面倒事に巻きこまれるのはごめんだと思っていたのに。きみを絶対に手放したくない。仕事のあいだに考えているのは、きみのことばかりだ」

「それはうれしいわ。あなたと出会った日から、わたしもあなたのことばかり考えているから」

「ああ、ハニー」キャノンは声を震わせて言うと、やさしく唇を重ねた。

マージーの目に再び涙がこみあげてきた。彼女も彼の顔を両手で包みこんでキスを返し、ふたりはそのまま何度も唇を合わせた。

しばらく経《た》ってから、キャノンはため息をつきながら彼女から手を離した。「今はこのくらいでやめておくよ。これから、たくさん話をして互いのことをもっと知るようにしよう」

マージーは問いかけた。「それから？」

キャノンはにやりとした。なんともセクシーな顔だ。「それから先のことは、きみだってもうわかっているんだろう」

「あなたは、まだわたしのことをよくわかっていないわ」

「勉強するよ」彼はつぶやくと、最後に軽く唇を合わせてから言った。「さあ、行こう」

「キャノン……」

彼はマージーのスーツケースを持ち、ドアのほうに体を向けた。「なんだい、ハニー？」

「アンディとジャンのことはどうするの？」

キャノンはマージーの心配そうな顔を見ると、笑みを浮かべた。「ぼくはきみの望んでいることなら、なんでも叶えてやりたい。それはもうわかっているだろう？　ふたりのことを祝福するよ。これで満足かい？」

マージーは顔をぱっと輝かせた。この旅行のあいだじゅう、嘘をつき続けなくてはならなくて苦しかったが、少なくともひとつだけはいいことがあった。これでジャンはようやく幸せになれる。

「ありがとう」マージーは心からの笑みを浮かべた。

「あのふたりがぼくたちと同じくらい幸せになれることを祈るよ」キャノンはそう言うと、彼女の肩に手をかけてドアのほうに歩いていった。

8

　パナマシティに到着したとき、マージーはキャノンの言葉をまざまざと思い出すことになった。飛行機が着陸すると、マージーはキャノンとともに空港ターミナルに進んだ。彼が大股で歩くので、ジャケットの裾をつかんでついていった。そのとき、災いが降りかかってきた。

「まあ、こんなところでお会いできるなんて！」白髪の女性が駆け寄ってきて唐突に叫んだ。手に『燃えあがる情熱』を持ち、表紙の裏の写真と目の前のマージーの顔を交互に見ている。

　マージーはすぐに駆けだしたかったが、どうにか踏みとどまった。逃げ出しても、いいことはひとつもないとわかっていたからだ。

「写真どおりの顔だと思いません？」白髪の女性はそう言いながらキャノンに本を渡した。

　キャノンは表紙の裏のマージーの小さな写真を食い入るように見つめた。

「ミス・マクファーソン、新作はいつ出るんですか？」白髪の女性は自分が引き起こした惨事にまったく気づかず、無邪気に尋ねた。「あなたの本は全部読んでいるんです！」

「新作は……来年初めに出ます。すみませんが、これで失礼します」マージーはどうにか言うと、すたすたと歩きだした。

　キャノンは険しい顔になってその女性に本を返した。マージーは世界が音をたてて崩れていくのがわかった。涙がこみあげてきたが、歯を食いしばってそのまま歩いた。そして空港の外に出て、キャノンが出てくるのを待った。

キャノンは彼女に追いつくと、冷ややかに言った。「嘘をついたのと同じことだ。すべて妹のためなんだろう。だったら昨日の夜も妹のためにその体を差し出したのか？」

マージーは手を振りあげ、彼の頬をたたいた。

キャノンはすぐに彼女の手をつかんだが、たたき返そうとはせず、あざけるような声で言った。「ぼくはきみにいくら払えばいい？　昨日の夜、あれほど楽しませてくれたんだから、いくらでも払うよ」

たたかれたとしても、こんなには傷つかなかっただろう。再び涙がこみあげてくるのに気づき、マージーは顔をそむけた。

「どこに行くつもりだ？　車はこっちだ」彼はぶっきらぼうに言うと、マージーの手を無理やり引っぱって駐車場へ連れていき、車に乗せると、自分も運転席に座った。それから海辺の別荘に着くまでひと言も口をきかなかった。

マージーは別荘に戻ると、まっすぐ自分の部屋に

か？」

「地方新聞に政治コラムを書いているんじゃないの

マージーは顔を伏せた。「あなたは保守的で真面目な人だと思っていたから、本当のことを話せば、ジャンとアンディの結婚に反対されると思ったの。わたしは……名の通った作家だから」

「たしかにきみは有名だ」キャノンはそっけなく言った。「会社にいる秘書の半数の机の上にきみの本があるし、どの本屋のカウンターにもきみの本が積んであるからな。これまでその一冊でも開いてみなかったのが残念だ」

マージーは一歩後ろに下がった。「それって、そんなに重要なことなの、キャル？」

彼の表情はぞっとするほど冷たかった。「きみはぼくに嘘《うそ》をついた」

「嘘じゃないわ。ただ、言わなかっただけよ」

向かった。誰とも会わなかったのがありがたかった。けれども、すぐにジャンが部屋に飛びこんできた。

「キャノンに話してくれた？」ジャンは開口一番にそう尋ねてきた。部屋のドアが開いたままなのには気づいていない。「ご機嫌を取ったら、キャノンはその気になってくれたの？」ジャンは悪気なく言った。冗談のつもりだったのだ。

だがマージーのスーツケースを持ってドアの横に立っていたキャノンには、今の言葉が彼の疑惑を裏づける何よりの証拠になった。

「ふたりともすぐに居間に来るんだ」キャノンは静かに言うと、背を向けて廊下を引き返した。

マージーの目から涙があふれ、ジャンはそんな姉を呆然《ぼうぜん》と見つめた。

「わたしが誰だか知られてしまったの」マージーは泣きながら言った。「それだけじゃないわ。あなたとアンディの結婚を認めさせるために、わたしが彼を誘惑し、愛しているふりをしたと思いこんでいるの」

「でも、お姉さんは本気でキャノンを愛しているんでしょう」

マージーは弱々しくうなずいた。今にもその場にくずおれてしまいそうだ。「彼はわたしたちを家に帰すつもりよ、ジャン。わたしのせいだわ。ごめんなさい。あなたの足を引っぱってしまったわ」

ジャンはふいに顎をぐいと上げた。いつもは守られるほうだが、今回ばかりは姉を守らなければと思い、闘志に火がついたのだ。「なんとかなるわよ」つらいときにマージーがいつもそう声をかけて慰めてくれたことを思い出しながら姉を抱きしめた。「アンディとわたしはなんとか結婚する方法を見つけるわ。心配なのはあなたのことよ。ああ、マージー、こんなことにあなたを巻きこんでしまったわたしを許して。そもそも最初からわたしがキャノンに立ち向かっていたら……」

だがマージーの耳には何も入ってこなかった。悲しみに心がちりぢりに引き裂かれていたからだ。

マージーとジャンが居間に入っていくと、アンディがキャノンをにらみつけていた。

キャノンはマージーのほうをちらりとも見ようとはせずに煙草《たばこ》をふかしていた。「ぼくは明日の朝、シカゴに戻る」唐突に彼は弟に話を切り出した。「おまえの客も明日じゅうにアトランタに帰ってもらったほうがいいんじゃないのか」

「ただの客ではなく、ぼくの婚約者とそのお姉さんだ」アンディは怒りで目をぎらつかせながら言った。「結婚したいのなら、ぼくを殺してからにするんだな」

「必要とあれば、そうするよ」アンディは躊躇《ちゅうちょ》することなく言った。

「アンディ、やめて」ジャンがとめに入った。「きみを愛しているんだ」アンディはジャンにきっぱりと告げた。「きみがいなければ生きている意味はない。きみのために兄と戦わなくてはならないのなら、それもしかたない。兄の敬意を失っても、きみの愛を失うわけにはいかない」

キャノンはアンディをにらみつけた。

だがアンディは平然と話を続けた。「ぼくもジャンと一緒に家に戻る。彼女はまだ休暇中なんだ。残りの休暇をそこで過ごすよ」

キャノンは煙草をふかした。「徒党を組んでぼくを集中攻撃するつもりか？」

「必要とあれば、近所の人たちも味方につけるさ」アンディは口の端をわずかに上げた。「兄さんが女性に反感を抱いていても、兄弟だからといってぼくもそうしなければならないはずはない」

「女は不誠実な裏切り者だ」キャノンはそう言うと、

マージーをにらみつけた。

「どうしてそんなことを言うの?」部屋に入ってきたヴィクトリンが驚いたようにそう言った。

キャノンは吐き捨てるように言った。「この家の客が何者なのか知っているのか?」

「もちろん知っているわ」ヴィクトリンはキャノンをにらみつけ、かばうようにマージーの背中に手をまわした。「ここにいる人は、わたしの大好きな作家よ」

マージーが体をこわばらせると、ヴィクトリンはやさしく肩をたたいた。「最初からわかっていたわ。わたしはあなたの本を全部読んでいるんですもの」そしてキャノンを見た。「あなたも一冊でも開いていたら、すぐに彼女だと気づいたわよ。わたしのようにね」

キャノンはにこりともしなかった。「誰もぼくに教えてくれなくて残念だ」

「知っていたら、それを理由にしてアンディとジャンの仲を引き裂こうとしていたでしょうね」マージーは口を挟み、感情を押し殺した声で言った。「これは懺悔《ざんげ》の時間なんでしょう。いいわよ、だったら何もかも話すわ」そこでジャンが何か言おうとしたが、マージーはさえぎって言った。「いいから、ジャン、アンディにも聞いてもらいましょう。彼も知る権利があるわ」

「わたしは、そのことに文句をつけるつもりはないの。でもこれだけは言っておきたくて」ジャンはキャノンの前まですたすたと歩いていった。「何もかもわたしのせいなんです。仕事のことを言わないでとマージーに頼んだのはわたしだから。それを知ったら、あなたは反感を抱くと思ったし、わたしたちは懸命に働かなくてもかなりの財産があるってあなたに思わせたかったんです。そんなことを思ったなんて、わたしはどうかしていたんだわ」そこで背中をしゃんと伸ばした。「わたしが生まれたときに母が亡くなり、わたしとマージーは祖母に引き取られて育てられました。だって、わたしたちの父親は……」ジャンはそこでためらったが、息を吸ってから続けた。「わたしたちの父親はアルコール依存症だったから。父はお酒のせいで仕事を失い、家庭もめちゃめちゃにしました。アシュトンは小さな町だから、みんな父のことは知っていた。父は町の厄介者だったの。そのせいで、わたしたちは学校でさんざんいじめられたわ」

ジャンは短い髪をかきあげて毅然《きぜん》として話を続けた。そんな妹の姿にマージーの胸は熱くなった。これほど妹を誇らしく思ったことはない。

「父が亡くなり、それからほどなく祖母も亡くなったわ。遺産はほとんどなかった。あと二年でマージーは大学を卒業できたのに、お金がなくてやめなければならなかったのよ。マージーがラリー・シルバーと結婚したときも、わたしはお金がないからふたりの家に居候しなきゃならなかった。ふたりの結婚生活がうまくいかなくなったのは、わたしのせいだわ」

「それはちがうわ、ジャン」マージーはいたわるようにやさしく言った。

ジャンは苦々しい笑い声をあげた。「いいえ、わたしのせいよ。わたしがいたからよ」そう言うと、再びキャノンを見た。「ラリーは財産がほとんどなかったし、生命保険にも入っていなかった。彼の両親は裕福だったのに、わたしたちに何ひとつしてくれなかった。つまり、ラリーはマージーに何も遺《のこ》してくれなかったの。いやな思い出以外は」

ジャンは深々と息を吸ってから話を続けた。

「マージーは新聞社に就職したわ。そのおかげで、わたしたちは飢え死にしなくてすんだのよ。それからマージーは殺人事件や放火事件を取材するために、夜になってもかけずりまわっていたわ。警察担当の記者しか空きがなくて、しかたなくそれを引き受けたからよ」

マージーはキャノンの視線が向けられるのを感じたが、彼の目に映る表情を見るのが怖くて、顔をうつむけた。

「マージーは昼間は記者の仕事をしながら、夜になると小説を書いていたわ」ジャンは再び話しはじめた。「ある日、原稿を送ったら、編集者がそれを気に入って買ってくれたのよ。それから数カ月後にマージーの本はベストセラーになった。わたしはそんな姉を誇りに思ったし、死んでもいいほどうれしかった。今でも同じ気持ちです。姉にそのことを隠してくれなんて頼んだことを本当に後悔しています。わたしたちは、お金持ちではありません。それに社交界に出入りするような人間ではないし、これからも決してそうはなれないでしょう。でもわたしたちが持っているものは何もかも、姉が犠牲を払って手に入れたものなんです」

ジャンは小さな顎をぐいと上げた。

「わたしたちはこれまで誠実に生きてきたわ。だからアンディにも最初から正直に話すべきだった。マージーに自分ではない誰かのふりをしてなんて頼むべきではなかった。でも、それはわたしのせいなのよ。わたしはそのことを心から悔やんでいます。わたしとマージーはもう家に帰ります。これまでご迷惑をかけてすみませんでした」ジャンはそう言うと、愛《いと》おしそうにアンディを見つめた。「でも、これだけは本当よ。わたしは心からあなたを愛しているわ」

アンディはすぐさまジャンのもとに歩み寄り、きつく抱きしめた。「きみが誰であろうが、ぼくにとってはどうでもいい。きみを愛しているんだから！」

マージーの目に涙があふれた。少なくともアンディは心からジャンを愛している。

「荷物をまとめてくるわ」マージーは静かに言い、背中を向けた。「誰か空港まで送ってくれると、ありがたいんだけど」

「マージー、ぼくたちと一緒に来ないか？」アンディが即座に誘った。

マージーは首を振った。「二週間後が締め切りなの」彼女はなけなしのプライドをにじませて言った。

「わたしがニューヨークに行ったのは、映画の契約書にサインするためよ。『燃えあがる情熱』が映画化されるの」

「ああ、マージー、すばらしいわ！」ジャンが声をはずませて言った。

「まあね」マージーは力なく笑った。「誰かさんにとっては、家名の傷がまたひとつ増えるってことかもしれないけれど」

キャノンは何も言わなかったが、彼女の姿を目で追っていた。

ヴィクトリンははっとした。息子の目にまぎれもない苦悩が浮かんでいたからだ。

ヴィクトリンはあせり、どうすればいいのかを考えた。そしてふっとほほ笑んだ。そう、簡単なことよ。

「ああ！」彼女は叫び、床にゆっくりと倒れこんだ。

9

キャノンは母親を抱きあげてベッドルームに連れていった。それからベッドの脇の電話を取りあげた。

マージーは椅子に座り、ヴィクトリンの手をぎゅっと握りしめた。

「何をしているの？」ヴィクトリンが弱々しい声でキャノンに尋ねた。

「救急車を呼ぶんだ」

「だめよ！」ヴィクトリンは上半身を起こそうとした。「いえ……その必要はないわ。こうして寝ていれば大丈夫よ。そんなに騒がれると、ますます悪化するわ」

キャノンは不満そうだったが、それでも受話器をもとに戻した。

「薬を……薬を持ってきてちょうだい」ヴィクトリンの声はかすれていたが、きっぱりした口調だった。「その引き出しの中にあるから。それを一錠のませてちょうだい」

キャノンは白い錠剤を取り出すと、言われたとおり、それを母の口の中に入れた。

ベッドの周りでは、マージーだけでなくアンディとジャンも心配そうな顔で見守っていた。

「やっぱり病院に行ったほうがいいんじゃないか」キャノンが言い張った。

「わたしは……この家にいたいわ」ヴィクトリンはマージーの手を握りしめた。「そのうちよくなるから」

「何か持ってきましょうか？」マージーが尋ねた。

「大丈夫よ。でも一緒にシカゴの家についてきてくれないかしら？　わたしには話し相手が必要だわ。

ジャンとアンディは家にいても、ふたりでするとがいろいろあるでしょうから」

キャノンの顔が曇った。けれども、その目が輝いたのをヴィクトリンは見逃さなかった。

「ごめんなさい。でもそれは無理なんです」マージーは即座に言った。キャノンに触れる資格はないとわかっているのに、そばにいるのはつらかった。そう、彼を愛する資格ももはやないのだ。

「タイプライターを持ってくればいいじゃない」ヴィクトリンは言った。「あなたが仕事をしているときは、使用人が面倒をみてくれるわ。時間が空いているときに、わたしの話し相手になってくれればいいのよ。マージーが一緒に来てもかまわないわよね、キャノン?」

キャノンは息を吐き出した。「それで母さんがおとなしく家にいてくれるのなら歓迎するよ」

「だめよ!」マージーは叫んだ。その瞬間、キャノンと目が合ったが、すぐに顔をそむけた。

キャノンはポケットに手を突っこんだ。「ぼくのせいなら、きみには近づかないと約束する」

「そういうことなら……わかりました。行きます」マージーはすばやく決断した。知り合ってから間もないが、ヴィクトリンは大切な友人になった。彼女のためにできることがあれば、なんでもしてあげたかった。

「話がまとまってよかったわ」ヴィクトリンはそう言うと、枕にもたれかかった。「さあ、みんな出ていって。もう休みたいの。でもマージーだけは残ってね」

ジャンとアンディはしぶしぶ出ていったが、キャノンは足早にいなくなった。それからほどなく、キャノンが出かける音が玄関から聞こえてきた。

キャノンは夕食の時間になっても戻らなかった。マージーはメイドが運んできた食事をヴィクトリンと一緒に食べた。そのあとアンディとジャンが来たので、そのあいだに荷物をまとめ、すばやく風呂に入った。

それからローブをはおってバスルームから廊下に出たところで足がすくんだ。

キャノンがこちらに向かって歩いてきたのだ。責めるようなまなざしを目に宿して。

マージーはうつむき、脇を通りすぎようとしたが、行く手をふさがれた。出会ったころのように彼が怖くてしかたなかったが、それでも虚勢を張って言った。「悪いけれど、わたしはこれ以上あなたの相手はできないわ。もうたくさんよ」

「マージー……」

「あなたは昔のようにお金儲《もう》けに専念すればいいでしょう。心配いらないから。あなたのお母さんの具合がよくなったら、わたしはすぐに帰るわ」

「頼むから、ぼくの話も聞いてくれ」キャノンの声は張りつめていた。

マージーは彼から目をそらし、首を振った。「わたしが聞きたいことは何もないわ。今朝、あなたから聞いたことだけでもう充分よ」

「どうして本当のことを話してくれなかったんだ！」

マージーはつらそうに目を細めた。「そうしたらどうなるのか、わかっていたからよ。そして、そのとおりになったわ」

キャノンは彼女をじっと見つめた。「ぼくを信頼してくれていれば、ちがう結果になっていたかもしれないじゃないか」

「わたしは男の人を一度は信頼したわ。もう二度と同じことを繰り返すつもりはないの。わたしはあなたにはもう近づかない。そうすれば傷つけられることもないから」そう言うと、マージーはすたすたと歩きだした。

キャノンが振り返ると、彼女は駆けだして自分の部屋に飛びこみ、ドアをばたんと閉めた。

ヴァン・ダイン家のシカゴの屋敷は目を見張るほど贅沢《ぜいたく》で広々としていた。マージーはヴィクトリア朝様式で建てられた家を初めて見るかのようにしげしげと眺めた。同じ様式ではあるが、祖母の素朴な木造の家とはまったくちがっている。ヴァン・ダイン家の屋敷は石造りで、壁にはツタが優雅に絡まり、小塔や張り出し窓まであった。そして道路の一番奥にあるのでミシガン湖が見わたせた。屋敷は広葉樹に囲まれ、その向こうには巨大なバラ園やきれいに切りそろえられた生け垣の迷路まであった。

マージーとジャンが屋敷の生活に慣れるまで数日かかった。昼間にはアナというメイドが来て、家事をこなし、アナの夫のジャックが庭師と運転手を兼任していた。他にも料理人のミセス・サマーズがいた。ふっくらした陽気な人で、彼女が焼いたケーキはほっぺたが落ちそうなほどおいしかった。屋敷にはプールやテニスコートもあった。

だが、なんといっても美しいのは湖だった。おとぎ話の世界のように白鳥がいて、周りには芝地が広がっていた。締め切りが近くなり、マージーはほとんど一日じゅう仕事をしていたが、それでも暇な時間ができると、ヴィクトリンとともに釣り道具箱を持って湖に出かけた。

ジャンとアンディは結婚を許してもらえるように説得を続けていたが、キャノンは考え直すそぶりすら見せなかった。

けれども、ついに彼の考えを変えさせるきっかけになるような出来事が起こった。マージーがジャンと連れだって廊下を歩いていると、ヴィクトリンとキャノンの話し声が聞こえてきた。

「わたしでは無理だと思うなら、誰かを雇ってもいいのよ」ヴィクトリンは言った。そしてマージーとジャンが部屋に入ってくるのに気づくと、にっこりした。「そういえば、ジャンが上司のためにパーティを企画したことがあると聞いたわ。そうでしょう、ジャン？」

ジャンは目を丸くした。「ええ、まあ、上司のためにパーティを取り仕切ったことはあります。上司の奥さんが病弱な方なので」

「ね？」ヴィクトリンは勝ち誇ったように言った。

窓辺にいたキャノンがジャンのほうに歩いてきた。「一週間以内に二十人のディナーパーティの準備ができるかい？」そうは言ったものの、その声はいかにも疑わしげで、できるはずがないと思っていることがありありと出ていた。

「ええ、できます」ジャンは自信たっぷりに返事をした。「招待するお客様のリストをください。商売敵が隣り合わせにならないように席順を考えますから」

気のきいたその返事に、キャノンは思わず笑みを浮かべた。「わかった」

ジャンは顔を赤らめたが、うつむこうとはしなかった。「あなたを決して落胆させませんから」

ジャンは話し声がキャノンに聞こえないよう、キッチンまで行った。

「キャノンがわたしにパーティをまかせてくれるのよ！」ジャンはそう言ってマージーを抱きしめた。

「ようやくチャンスを与えてくれたんだわ」

「よかったわね。がんばりなさいよ」マージーは励ますようにほほ笑んだ。

「これでわたしが社交界でもうまくやっていけることを証明できなかったら、この先、何をしても無駄だわ。まあ、キャノンの許しが得られなくても、わたしとアンディは別れたりしないけれど。ああ、マージー、アンディが兄の敬意を失っても、わたしの愛を失うわけにはいかないって言ってくれたでしょう。あのとき、天にも昇るほどうれしかったわ！」

「そんなに愛されているなんて幸せね」マージーの声はさびしげだった。

ジャンもそれに気づかずにはいられず、姉を抱きしめた。「きっとお姉さんもうまくいくわよ。キャノンがあなたのことをどんな目で見ているのか気づいている？」

マージーは肩をすくめた。「彼がどんな目で見ていようと、頭の中ではまったく別のことを考えているのよ。彼はわたしを信頼していないし、わたしの立場から考えようともしてくれないわ」

「お姉さんは彼の立場から考えたことがあるの？」ジャンは即座に言った。「彼には女性を信頼できない理由が山ほどあるのよ。それはわかっているでしょう。お姉さんが男性を信頼できない理由よりも多いかもしれないわ」

マージーはコーヒーを注《つ》ぎながら言った。「だからといって。わたしが彼に何をあげられるの？　悪い評判だけだわ。映画化が決まったんだから、わたしの名前はますます取り沙汰されるようになるでしょうね。わたしは恋多き奔放な作家として評判なのよ。それが彼の会社のお堅いイメージにどんな影響を及ぼすと思う？　きっと重役たちは大騒ぎして反対するわ」

ジャンは姉を見た。目の下は黒ずんでいて、憔《しょう》悴《すい》した顔をしている。マージーのこんな顔はもう何年も見たことがなく、心配でたまらなくなった。「キャノン・ヴァン・ダインのような人だったら、重役連中が何を言おうが、気にしないと思うけれど。彼が本当にお姉さんを愛しているのなら」

彼がわたしを愛している。そう思っただけで胸の鼓動が速まったが、マージーにはキャノンが何を考えているのかわかりすぎるほどわかっていた。彼の気持ちに愛は含まれていない。

「キャノンが誰かを愛するなんて想像できないわ」マージーはコーヒーを飲みながら言った。「まあ、わたしはお姉さんのように新聞記者をしていたわけではないから、観察眼が鋭いわけじゃないけど。でも冷静に見ていれば、すぐに気がつくわ。他の人も気づいていると思うわよ。それなのにどうしてわからないの？」

「何を？」マージーはそっけなく尋ねた。

ジャンは両手を広げた。「いいえ、なんでもないわ。わたしはこれから二階に行って、パーティの計画を練ってくるわね。わたしに必要なのは決闘用のピストルと大砲に……」

マージーは笑いながら部屋に戻っていく妹を見送った。キャノンがジャンの才能に気づき、結婚を認めてくれたら、こんなにうれしいことはない。

コーヒーを飲み終えてカップを洗っていると、キッチンのドアが開き、キャノンが手に煙草《たばこ》を持って入ってきた。マージーはすぐに出ていこうとしたが、彼がドアの前に立ちはだかった。

「コーヒーでも飲む？」マージーはしかたなく尋ねた。苦しんでいることを知られたくないから、顔の表情は消していた。

「本当にジャンはパーティの企画ができるのか？」キャノンが露骨に尋ねてきた。

「ええ」マージーはそう答えながらさも忙しそうに手を動かしてカップを洗い、それを水切りかごに置いた。「何回かしたことがあるから大丈夫よ」

「マージー」キャノンは彼女の後ろまで歩いてきて、肩に手を置いた。

すると、そこが火傷《やけど》したように熱くなり、マージーは思わず飛びあがった。

「ぼくがさわったからといって、そんなふうに怖がらないでくれ。頼むから」キャノンは彼女の肩に手を置いたまま言った。

マージーは目を閉じた。彼の手のぬくもりが体に広がっていく。煙草のにおいもコロンの香りもせつなくなるほど懐かしかった。「怖がってなんかないわ」蚊の鳴くような声で言った。「ただ……驚いただけよ」

キャノンは荒々しく息を吸った。「ぼくの妻は、ぼくに嘘《うそ》をついていた。ぼくたちのベッドで他の男と抱き合っているのを見つけるまで、ぼくはずっと妻を信じていたんだ。だから女性の嘘には過剰に反応してしまう。それに、ぼくはきみを聖女のように思っていた。でも本当は奔放な妖精だったとわかったからには、それを受け入れるのに時間がかかるんだよ。とりわけ、ぼくのような皮肉屋には」

「世間の評判はまちがっているわ」マージーは冷ややかに言った。「わたしは妖精のように奔放ではないの。でもそれが世間のイメージなのよ。それを壊すことはできないわ。あなただって、お堅い大企業の社長というイメージを壊せないでしょう。わたしたちはお互い、そのおかげで成功しているんだから。でも、わたしとあなたのイメージが結びつくことは決してないわ。だからこれまでどおりにしておいたほうがいいのよ」

「そんな考え方は嫌いだな。きみはまだ若いのに、そんな皮肉な物の見方をするのか」

「わたしの人生は楽じゃなかったわ」マージーは胸の前で手を組んだ。「でも、そのおかげで強くなったわ。わたしが最初に学んだことは、他人を近づけて心を許すと、その人に傷つけられるということよ。だから、もう二度と繰り返すつもりはないわ」

「ぼくたちはちがう」キャノンは張りつめたままなざしになった。「ぼくたちは特別な何かを分かちあったはずだ」

「セックスはいつだって特別なものに思えるのよ。

情熱がさめてしまうまでは」

「そうじゃない」キャノンは即座に言い返した。「きみにはわからないかもしれないが、ぼくにはわかる。ぼくはきみを求めたが、それはきみがセクシーな体をしているからじゃない」

マージーはキャノンを見つめた。彼の言葉の意味を理解しようとしても、どうしても心がそれを拒絶した。「衝動に身をまかせるのは、愚かな行為よ」

「ニューヨークのホテルに泊まった晩、きみは邪魔が入るまで、しばらくぼくのベッドの中にいた。衝動にしては長すぎるんじゃないのか？」

マージーは顔が赤くなるのがわかったが、キャノンから目をそらさなかった。「あの晩はワインを飲みすぎたからよ」

「きみはそんなふうにあの晩のことを自分に納得させているのか？　ぼくがきみに酒を飲ませたせいだからだと？」キャノンはそう言うと、テーブルの上の灰皿で煙草をもみ消した。「これから出張に出かけなきゃならないんだ。数日は戻れない。マージー、きみはきっとぼくに会いたくてたまらなくなるよ」

マージーは煙草の火を消すキャノンの姿をじっと見つめた。荒削りなハンサムな彼の顔を愛していた。うなじのところでカールしている黒い髪も、信じられないほど広い肩も。男らしい魅力の持ち主であるキャノンはすでにかけがえのない存在になっていた。だから数日とはいえ、夕食の席や廊下で彼の姿を見られないなんて信じられなかった。キャノンはシカゴに来てから、夜には必ず家へ戻ってきていた。だから、そばにいるのがあたりまえになっていたのだ。マージーの目は悲しみに陰り、うつろになった。

キャノンはそんな彼女の気持ちに気づいたように近づいてきて、肘の上をつかんで荒々しく引き寄せた。「そうなんだろう？」

「なんのこと？」マージーは官能を駆り立てる彼の

唇をただ見つめていた。言葉が頭に入ってこない。

「ぼくがいなくてさびしいんだろう。なあ、さよならのキスをしてくれないか?」キャノンはささやいた。「昔のよしみで」

「昔のよしみというほど、あなたを昔から知っているわけじゃないわ」

「ぼくは昔からきみを知っている、マージー」キャノンは顔を寄せ、唇で彼女の唇をついばんだ。「きみのことは百年前から知っているような気がするんだ。出会ったその日からきみがほしかった。さあ、ぼくにキスしてくれ」キャノンは彼女を抱きしめると、深々と唇を重ねた。

マージーは吐息をもらすと、キャノンの髪に手を差し入れ、自分の唇を彼の唇にさらに強く押しつけた。キスがしだいに情熱的になり、ふたりは互いを貪るように何度も唇を重ねた。マージーの体は火がついたように熱くなり、膝ががくがく震えた。

キャノンの舌が唇を割って口の中に入ってきた。彼の手はマージーの胸をさまよい、やがて腰、さらには太ももへと下りてくる。

マージーはあえぎ声をあげながらキャノンの肩をつかみ、彼の腰の動きに合わせて体を揺らした。キャノンを狂おしいほど求めている。全身がうずくほど求めている。

「あなたはわたしの体に火をつけたわ」マージーは唇を合わせたままささやいた。

「だったら、ぼくがどんな気持ちになっていると思うんだ?」

「あなたがわたしを求めているのはわかってるわ」

「求めている?」彼はささやいた。「有名なロマンス作家にしては、ずいぶん陳腐な言葉を使うんだな。それが頭に浮かぶ一番いい表現なのか?」

マージーはほほ笑んだ。ふいに自信が満ちあふれてくる。「あなたはわたしと話がしたいの? それともともキスがしたいの？」

「ぼくと話をしていたほうがよかったと後悔するよ」キャノンの顔がせっぱ詰まったようにこわばった。「キッチンのテーブルは愛し合うのに最適な場所ではないが、それもいいんじゃないかと思えてきたよ」

「なんて不埒《ふらち》な考えなのかしら。わたしはそんな場面を本に書いたことがあったかしら？」

「ちょっと待ってくれ、レディ」キャノンの目に、昔のようにいたずらっ子みたいな表情が戻ってきた。

「ぼくは取材の対象にされるのはごめんだからな」

「あなたも楽しめるようにするから」マージーはそう言うと、誘いかけるように長いまつげを揺らした。

「そうなのか？　それなら楽しみだ。きみをキッチンのテーブルの上に寝かせて……」

「キャノン！」廊下からアンディが呼びかける声が聞こえてきた。

「くそっ」キャノンは毒づいた。「どうしてみんなこうもタイミングが悪いんだ！」

「よかったのかもしれないわよ」マージーは言った。「テーブルに押さえつけられて背骨が折れたら、仕事ができなくなるもの」

キャノンは笑いだした。暗く沈んだ日々を過ごしたあとだったので、その笑い声はとりわけ陽気に響きわたった。マージーは輝くような笑みを浮かべた。

そんな彼女はいつにも増して美しく、キャノンは愛《いと》おしそうに見つめた。

「どうしてこれまでそんなふうに笑いかけてくれなかったんだ？」彼はうなるように言った。「そしてよりにもよって、ぼくが空港に行くのに一時間も遅れているときに、そうすることにしたんだ？」

「あなたがいないとき、わたしはタイミングの勉強をしておくわね」マージーは再び輝くような笑みを浮かべた。

キャノンは指先で彼女の唇をなぞった。「ぼくがいなくてさびしいかい？」

「とても」マージーはようやく素直に認めた。

「ぼくもさびしいよ」キャノンはそう言うと、熱のこもったまなざしで彼女を見た。「戻ってきたら、ふたりだけでゆっくり話をしよう」

マージーはうなずいた。「楽しみに待っているわ」

そして彼は行ってしまった。するとと世界から色彩が消えてなくなったかのようにマージーには思えた。

10

「キャノンは今日、家に戻ってくるはずよ」刺繍《ししゅう》をしていたヴィクトリンは顔を上げて言った。その日は金曜日だった。

マージーはうれしそうな顔にならないように表情を引きしめた。「きっと彼は今晩のパーティを楽しみにしているでしょうね。ジャンにどれだけのことができるのか、たしかめられるから」

「ジャンはすばらしい仕事をしたわね」ヴィクトリンは満足そうに言った。「わたしがやっても、あれ以上のことはできなかったわ」

マージーはやはり聞こうと決めて、真面目な顔になった。「本当に心臓発作が起きたんですか？」そのことがこの一週間ずっと心に引っかかっていたのだ。

ヴィクトリンはおおげさに目を丸くした。「わたし、心臓発作を起こしたの？」

やっぱり。マージーはそう思ってほほ笑んだ。

「仮病なんか使って後悔していませんか？」

「全然していないわ」ヴィクトリンは笑いながら言った。「キャノンが人生で最大のあやまちを犯しそうになっていたんですもの。だから、それを阻止するために、心臓発作が起きたふりをして倒れることしか考えつかなかったのよ。ところで本の仕上がり具合はどう？」

「最後の一章が書けていないんです」マージーはため息をついた。「ずっと考えているんですけど、うまくまとまらなくて。締め切りは一週間後なんです」

「わたしのせいかもしれないわ」ヴィクトリンはすまなそうに言った。「あなたをここに連れてきてしまったから、執筆のペースが落ちているのね。でも約束できることがひとつあるの。ジャンはきっと今晩のパーティを成功させるわ。そうしたらキャノンも結婚を認めるしかなくなるから」

「そうなるといいんですけれど」マージーは力ない笑みを浮かべた。「湖まで散歩に行ってきますね。気分転換すれば、何かいいアイディアが浮かぶかもしれないから」

「キャノンがあんなに頑固じゃなければよかったんだけど」ヴィクトリンはつぶやいた。「それに人間は誰しもあやまちを犯すことを認められる性格だったらね」

マージーは苦笑した。それから立ちあがって釣り道具を持つと、湖のほうに歩いていった。

キャノンはパーティがはじまる一時間半前によう

やく帰ってきた。

マージーはニューヨークでも着た銀色のドレスを選んで身につけ、階段を下りていった。するとキャノンがちょうど階段を上がってきた。彼女を見つけたとたん、彼の目の中で何かがはじけた。

「きれいだ。エレガントで輝くように美しいよ」

マージーは乾いた唇をなめた。「ありがとう」

キャノンは階段を駆けあがり、ひとつ下の段で足をとめた。

彼はコロンと石けんと煙草《たばこ》のにおいがした。マージーは彼が着ていたチャコールグレイのスーツが気に入った。つややかな黒い髪とブロンズ色の肌を魅力的に引き立てていたからだ。

「ずいぶん……ぎりぎりに帰ってきたのね。パーティはもうすぐはじまるわ」マージーは言葉に詰まりながら言った。彼の近くにいると、そわそわせずにいられない。

「飛行機に乗り遅れて、次の便で帰ってきたんだ。ようやく家に帰れてうれしいよ」キャノンはそう言うと、彼女のうなじに手をまわし、そっと引き寄せた。「この口紅は落ちにくいのかな?」

「わからないわ……」

キャノンが唇を開き、彼女にもそうするように促してから唇を重ね、舌を差し入れてきた。マージーは煙草のにおいの混じった彼の息を吸いこんだ。膝ががくがくし、彼の胸にとっさに手をついた。すると手のひらから激しく打つ彼の鼓動が伝わってきた。息も彼女と同じように乱れていた。

「きみに会いたかった」キャノンはそう言いながら彼女のうなじに当てた手に力をこめた。「ああ、会いたくてしかたなかった!」

その言葉でとうとう我慢できなくなり、マージーはキャノンの首に手をまわすと、体をぴたりと寄せた。ブリーフケースが彼の手から落ちる音が聞こえてきた。キャノンは唇を彼女の唇に押し当て、貪るようにキスを繰り返した。やがてマージーの意識の中から何もかもが消えていき、たしかな存在なのはキャノンだけになった。

彼はようやく唇を離すと、ささやいた。「ぼくが最後にまともに眠れたのはいつだと思う？　ひとりさびしくベッドに横たわっていると、どんな気持ちになるのかわかるかい？　誰かにそばにいてほしくてたまらなくなり、錆《さ》びたのこぎりで体を切り刻まれている気がしてくるんだ」

「わたしたち、きっとうまくいかないわ」マージーは目の前の幸せをつかむのを恐れるかのようにか細い声で言った。

「うまくいくさ。ぼくがうまくいくようにしてみせる。どんなことをしてでも」キャノンはかすれた声で言うと、再び唇を彼女に寄せた。

マージーも唇を開き、彼のほうに顔を向けた。だがそのとき、唐突に二階の部屋のドアが開いた。

「準備はできた？」淡いピンク色のシフォンのドレスに身を包んだジャンが部屋から出てきた。「あら、キャノン。帰っていらしたんですね。おかえりなさい」ジャンはブリーフケースをのろのろと拾いあげるキャノンに声をかけた。「お客様がもうすぐいらっしゃいますわ」

キャノンはため息をつき、どうにか笑みを浮かべた。「パーティにはこの格好で出るよ。ただその前に、部屋へブリーフケースを置きに行きたいんだが」

「そのスーツ、とてもお似合いですよ。マージーもそう思うでしょう？」ジャンは赤くなった姉をちらりと見た。

「ええ、そうね」マージーは顔をうつむけて返事をした。

「すまないが、ちょっと手伝ってほしいことがあるんだ」キャノンはマージーに手を差し出した。目に浮かぶ欲望の色を隠そうともしていない。

「どうぞ、ごゆっくり」ジャンはマージーにウィンクをしてから階段を下りていった。「わたしにはまだ用意することがありますから」ちょうどそのとき、玄関からドアベルの音が聞こえてきた。

今度は別の部屋のドアが開き、アンディがネクタイを直しながら廊下に出てきた。そしてキャノンとマージーを見つけると、声をかけた。「やあ、ふたりとも支度はもうできたのかい？」

キャノンは口ごもりながら言った。「いや、その、これからブリーフケースを置きに行かなきゃならないんだ」

「なんだって？」アンディはきょとんとした顔でふたりを見た。

するとジャンが階下から手を振りながらアンディを呼んだ。「アンディ、お客様がいらしたわ」

「ああ、わかった。すぐに行くよ」アンディはそう言うと、あわただしく階段を下りていった。

「わたしたちも……行ったほうがいいんじゃない」マージーは小さな声で言った。

キャノンは首をきっぱり横に振った。「まだだ。ぼくはきみがほしくてたまらない！」

マージーは何か言おうとしたが、言葉が出てこなかった。

するとまた別のドアが開き、ヴィクトリンが襟の高いピーチ色のロングドレスを着て現れた。眉を上げていたが、口もとにはいたずらっ子のような笑みが浮かんでいる。「そんなところにいると邪魔よ。ねえ、ふたりとも髪が乱れているわ。整えてきたほうがいいんじゃない？」

「ブリーフケースを置きに行くと言うよりも、そのほうが言い訳としてはましかな？」ふたりの脇を通りすぎようとしている母に向かって、キャノンは尋ねた。「お父さんとわたしは、よくそう言っていたものよ。ねえ、アンディとジャンに婚約のお祝いを言ってもいいわよね?」

キャノンは階下の玄関ホールに客が入ってくるのを見ながらため息をついた。「母さんの好きなようにしてくれ」そしてマージーの手を握った。「どうやらジャンは、すばらしい仕事をしてくれたみたいだね」

「そのとおりよ」マージーは誇らしげに言った。

キャノンはマージーの手を引っぱって階段を上がり、廊下の奥にある彼の部屋に連れていった。彼があまりに速く歩くので、マージーは小走りになってついていかなくてはならなかったほどだ。

部屋に入るやいなや、キャノンはブリーフケースを床に落とし、マージーを抱きしめた。

それから彼女をベッドの上に座らせると、彼もすぐにその横に腰を下ろし、ネクタイをむしりとってシャツのボタンに手をかけた。

「しわになるわ……」マージーは彼がジャケットとシャツを脱ぐのを手伝った。

「しわになったってかまわない」キャノンは自分の服を脱ぐと、マージーのほうを向き、銀色のドレスを腰まで引き下ろした。そして飢えたように荒々しく唇を重ねた。

キャノンがようやく口を離したとき、彼女の唇は激しいキスのせいでひりひりし、体に力が入らなくなっていた。考えることもむずかしくなっていたが、それでも問いかけずにはいられなかった。「もうやめてしまうの?」

キャノンは目で愛撫《あいぶ》するように、ピンが取れたマージーのつややかなブルネットの髪を見つめた。その髪はむき出しになった彼女の腰の下にまでこぼれ落ちている。彼は口の端を上げて言った。「残念だが、階下《した》の連中に顔を見せに行かなきゃならないからね」

マージーは誘いかけるように体を弓なりにそらし、それを見ていたキャノンのまなざしが色濃くなると、笑みを浮かべた。

「悪い子だ」キャノンはうなるように言い、再び荒々しく唇を重ねた。

しばらくしてようやく唇が離れると、マージーは彼の顔を抱きかかえて胸もとに引き寄せ、黒い髪にキスした。「あなたを愛しているわ」

キャノンは顔を上げ、つらそうな表情になった。

「きみに嫌われてしまったと思っていた。でも、これだけは誓って言える。きみにひどいことを言ってしまったのは、かっとなってやったことなんだ。言った瞬間からずっと後悔していて、きみにあやまりたくてしかたなかった。フロリダにいるうちになんとかしようとしたんだが、きみはぼくを近づけようとさえしなかった」彼はそこで目を閉じた。「ああ、きみに二度と触れられないと思っていたんだ！」

マージーは指先で彼の唇に触れた。「わたし、怖かったの。わたしの世界とあなたの世界が交わることはないと思っていたから」

「だったら」彼はそう言うと、唇を寄せた。「結婚しよう、マージー。きみがこのプロポーズを受け入れてくれたらうれしいが、そうじゃなくても、暴れようが泣き叫ぼうが、きみを祭壇に連れていくからな。そうしたらきっと新聞の大見出しを飾るだろうから、映画のいい宣伝になるんじゃないか」

「あなたの世間のイメージは台なしになってしまうわ。それに重役がそのことを知ったら……」

キャノンは彼女をひたと見つめた。「ぼくはきみを愛している。きみを愛しているんだ、ミセス・シルバー。自由奔放だと噂《うわさ》されているきみの分身も愛している。きみよりも大切なものはない。会社や銀行にあずけてある金よりも、きみのほうがはるかに大切なんだ！」

マージーの目に涙があふれ、エメラルドのようにきらめいた。

「泣かないでくれ」キャノンはささやき、唇で彼女の涙をそっとぬぐった。「きっと何もかもうまくいくから」

「でも一度はだめになりかけたわ」

「ああ、たしかにそうだ。でも運のいいことに、ぼくには少々ひねくれてはいるが、心やさしい母親がいた」

マージーは目を見開いた。「心臓発作がお芝居だったことを知っていたの？」

キャノンはにやりと笑った。「もちろん知っていたさ。でも、ぼくも知らないふりをしてその芝居につき合った。母よりもぼくのほうがきみにそばにいてほしかったからだ」

マージーは口をつぼめた。「あなたはほとんど家にいなかったじゃないの」

「そうすれば、きみがさびしがるんじゃないかと思ったんだ。ぼくの半分でもね。この家にいるときはずっときみの姿を目で追っていた。それで満足していたんだ。きみが釣りに出かけたときもこっそり見ていたんだよ」

「知らなかったわ」

「我慢できなかったんだ。ときどききみがほしくて、頭がおかしくなりそうだった」

「その気持ちはわかるわ」彼女はささやいた。「わたしもあなたがいなくなったとき、この世界から色が消えてしまったように感じたから……」

マージーはその先の言葉を続けることができなかった。彼の口に口をふさがれたからだ。彼女の頭の中から言葉が消えていった。キャノンはマージーの頭を枕にのせると、彼女におおいかぶさった。マージーは手を伸ばして彼の豊かな髪をかき乱し、顔を引き寄せた。

「今すぐきみがほしい」キャノンはやさしく言った。

ふたりの息が混じり合う。彼の手はマージーのなめらかな肌を味わうように胸に触れてから腰へと、さらにはヒップへと下りていく。

「でも、もう行かなくちゃ」マージーはなんとか言ったが、体が熱くなり、今にも燃えあがってしまいそうだった。

キャノンは両手でマージーの顔を包みこみ、張りつめたまなざしになった。「きみはぼくを求めているし、ぼくもきみを求めている。それはわかっているはずだ。今きみにこの場を去られたら、ぼくは手足をもぎ取られたように苦しむだろう。長いこと、こんなに好きだと思える女性はいなかった。きみが今すぐにほしい。きみがほしくてさっきから体がずっと震えているんだ」

キャノンに求められていることはわかっていたが、こうして改めてはっきり言われると、マージーの体に自信がみなぎってきた。キャノンの欲望を駆り立てているのはわたしなのだ。そして、その欲望はわたしにしか満たせない。わたしもキャノンを心から愛しているし、求めている。こんなふうに男性に心を許すことが怖くないと言えば嘘《うそ》になるが、だからといってキャノンをもはや遠ざけることはできない。

「あまり期待しないで」マージーははにかみながら言った。「うまくいかないかもしれないわ。相手があなたでも……」

「きみを愛している。ただぼくを感じていればいい。ベッドをともにすることも愛の表現のひとつであることを思い出すんだ」

キャノンに触れられると、彼女の体に甘美なぬくもりがさざ波のように広がっていった。

「ここに触れてくれ。きみの好きなように。きみの本のヒロインになったと思えばいいさ」

「わたしの本のヒロインはみんな情熱的なの。ひとりの男性を全身全霊で愛し抜くのよ。わたしは自由奔放なヒロインは嫌いだわ」

「知ってるよ」キャノンはつぶやいた。「先週、ようやくきみの本を読んだんだ。それで大丈夫だと思った。あんなに情熱的な話が書けるんだったら、きみだってきっと……」

「もう黙って」マージーはささやき、キャノンに顔を寄せてゆっくりとキスした。

すると、彼の形のいい唇がさらなるキスを誘うように開いた。

「ちょっと待って。わたしの番じゃないの？　わたしの好きなようにしていいんでしょう」

キャノンはマージーの腰に手を当て、体の上に引きあげた。「ぼくはただ……よりよい方法を提案しているだけだ」彼は目を輝かせながら言うと、彼女の太ももをつかみ、腰と腰を密着させた。

マージーは目を見開き、あえぎをもらした。欲望がいっきに高まり、もはや軽口をたたくことなどできなかった。キャノンは彼女を仰向けに寝かせると、その上におおいかぶさった。そして彼女の髪に手を差し入れ、じらすようにゆっくりと唇を近づけた。

「これから」キャノンは彼女のふっくらと開いた唇に向かってささやいた。「恋人といると、女性はどんな気持ちになるのか教えてあげよう。体が震えるほどきみの欲望をあおってから、ぼくが満たしてあげよう。めくるめく喜びを知ったら、ぼく以外の男に触れられるのが我慢できなくなるから」

「ああ、キャノン！」彼の手が新たな探索をはじめると、マージーは叫んだ。枯れ木に火をつけるように、彼の手はマージーの全身を燃えあがらせた。

「こうやってぼくにキスしてくれ」キャノンは彼女と舌を絡ませながら言い、ふたりのあいだを隔てる残りの服をはぎ取った。

キャノンの素肌にじかに触れると、体に電流が流れたような震えが走った。マージーは思わず目を開けたが、煙に包まれたように視界が定まらなかった。

「これがぼくたちのはじまりだ。これから一生やり続けることをきみに教えてあげよう」

マージーはどれほど深く彼を愛しているのか伝えようとしたが、喜びが奔流のようにどっと押し寄せてきた。彼女にできるのは、張りつめた体を震わせながら彼にしがみつくことだけだった。

「これが愛し合うということなんだ」キャノンは再び唇を重ねてささやいた。それがマージーの頭に入ってきた最後の言葉だった。次の瞬間、嵐に巻きこまれたように官能の波にさらわれた。逆らうすべはなかった。

マージーはかすれた声をあげ、力のかぎりに彼にしがみついた。彼にのみこまれ、すっかり溺れてしまったかのようだった。ふたりは結ばれ、ひとつになった。そんな表現を本で読んだことはあったが、今までは現実のことだとは思っていなかった。これが愛し合って結ばれるということなのだ。愛し合って結ばれると、不安が消えてなくなり、心がすっかり満たされ、純粋な喜びしか感じなくなる。

マージーは彼の腕の中でささやいた。「こんな気持ちになれるなんて……知らなかったわ」

キャノンはマージーを抱きしめ、額にそっとキスした。それから唇を彼女のまぶた、上気した頬、腫れた唇へとすべらせた。やがてふたりの胸の鼓動は静まっていったが、彼は宝物のようにマージーをやさしく抱きしめていた。

「ぼくも知らなかったよ」しばらくしてからキャノンはささやいた。汗をかいた体を寄り添わせ、互いに見つめ合う。「心から愛した人としたことがなかったから。これまでは」

マージーは手を上げて彼の顔の輪郭を指でたどった。キャノンは目を閉じ、彼女のやわらかな指の感触を味わった。

「あなたを愛しているわ」マージーはささやいた。「わたしの体も心も魂も、あなたを愛している。あなたの子どもがほしいわ」

キャノンは目を開け、彼女の額にかかった髪をなでつけた。「ぼくは自分がこんなふうに誰かを愛せるなんて思っていなかった。きみはぼくにとって空気のようになくてはならない存在だ。それがわかっているかい？」

「わたしだってそうよ、ダーリン。わたしはあなたに何もかも捧《ささ》げたいの」

「たった今、きみはそうしてくれたじゃないか」キャノンは笑みを浮かべた。「さあ、ぼくと結婚してくれるね」

「あなたとせっかくすばらしい関係を築けたのに、結婚したら台なしになってしまうかもしれない」マージーは不安そうに目を見開いた。

キャノンは眉を上げた。「きみが自由な精神の持ち主であることはわかっている。けれども、きみがここで結婚すると言ってくれなかったら、ぼくはきみを抱きあげて階段を下り、客の前で妊娠したと告げるよ」

「キャノン・ヴァン・ダイン！」マージーはその場面を想像してぞっとした。「絶対にだめよ、そんなこと！」

「本気かどうか試してみるといい」彼はひるまずに言い返した。「きみは矛盾に満ちているな。いったい何人の読者が本当はきみがヴィクトリア朝時代の慎《つつ》ましやかな考えの持ち主だって知っているんだ？ぼくは何もかも話してしまいたくてうずうずしているのに、きみは考えただけで真っ赤になっているんだからな」

マージーは照れたような笑みを浮かべた。「あなたとわたしは正反対なのね。ああ、キャノン、でも、きっとあなたの会社の重役たちは猛反対するわ。それはわかっているの?」

「重役がどう思おうが関係ない。きみはぼくと結婚してくれるのか? それとも結婚してくれないのか?」キャノンはマージーにキスしてから話を続けた。「きみが妊娠しているかもしれないと言ったら、母はさぞかしショックを受けるだろう……。いや、きみはもうすでに妊娠していてもおかしくないんだな」そう言うと、彼女のおなかをなでた。

「ずいぶん気が早いのね」マージーはからかうように言ったが、キャノンの子を妊娠したかもしれないと思うと、喜びがこみあげてきた。ずっと子どもがほしかったのだ!

「ぼくは来月、四十歳になる。それでも後悔しないかい?」

「後悔なんかしないわ」マージーはキスで彼の口をふさいだ。「わたしも家族がほしかったの。子どもの洗礼式用のローブなら、お祖母《ばあ》さんから受けついだものがあるわ」

「ヴァン・ダイン家に伝わる洗礼用のボウルもある」キャノンは唇を合わせたままほほ笑んだ。「子どもは十人ほしい」

「十人……」

「話し合いの余地はある」キャノンは低い声で笑った。「きみは何人ほしいんだ?」

「十人かしら」マージーはそう言ってから笑い声をあげた。「いえ、十二人でも十五人でも、あなたがもういらないと言うまで産むわ。だからもう一度キスして!」

キャノンは満足げな笑い声をあげると、やさしく唇を重ねた。

客がサラダを食べ終え、最初のコース料理が出されたとき、キャノンとマージーは手をつないでダイニングルームに入っていった。

ヴィクトリンが椅子から立ちあがり、ふたりに歩み寄った。「そろそろ来るころだと思っていたわ。でも、まあ、あきれたこと。自分たちの姿を見てごらんなさい」

「そそのかしたのは母さんだ」キャノンはすました顔で言った。

「さっきよりも髪が乱れているわよ」母はそう言い返した。「魔法の言葉を言わなきゃ、許してあげないから」

キャノンは眉を上げた。「結婚なら、もちろんするさ」

ヴィクトリンは顔を輝かせながらマージーを抱きしめた。「言ったでしょう。わたしは賢い息子に育てたって」そして笑い声をあげた。「キャノンはひと目見れば、それが価値あるものかどうかわかるのよ」

「そういうことじゃないんです」マージーはキャノンをいたずらっぽい目で見た。「彼はわたしがいないと生きていけないみたいなので、しかたなく結婚してあげることにしたんです」

ヴィクトリンは唇をつぼめて息子を見た。「情けないわね。最初からその調子じゃ、妻の言いなりになる男だと思われるわよ」

キャノンは笑い声をあげ、片手で母を、もう片方の手でマージーを抱き寄せた。「そんなこと、とっくに知られているさ」そう言うと、彼はマージーにウィンクした。「さあ、食事にしよう。腹がぺこぺこだ！」

ハーレクイン®

浜辺のビーナス
2015年4月5日発行

著　　者	ダイアナ・パーマー
訳　　者	小林ルミ子（こばやし　るみこ）
発 行 人	立山昭彦
発 行 所	株式会社ハーレクイン 東京都千代田区外神田 3-16-8 電話 03-5295-8091（営業） 0570-008091（読者サービス係）
印刷・製本	大日本印刷株式会社 東京都新宿区市谷加賀町 1-1-1
デジタル校正	株式会社鷗来堂

ISBN978-4-596-51654-1 C0297